Copyright © 2023 Carochinha

Todos os direitos reservados. Nenhuma parte desta obra pode ser reproduzida, arquivada ou transmitida, de nenhuma forma ou por nenhum meio, sem a permissão expressa e por escrito da Carochinha.

Impresso no Brasil

EDITORES Diego Salerno Rodrigues e Naiara Raggiotti

PRODUÇÃO
EDITORIAL Fernanda Critelli e Martha Piloto
PROJETO GRÁFICO E DIAGRAMAÇÃO dorotéia design
PREPARAÇÃO DE TEXTO Cecília Madarás
REVISÃO Alexandre Sobreiro, Audrya Oliveira, Bel Ferrazoli, Naiá Diniz e Nina Rizzo

MARKETING E COMUNICAÇÃO
PLANEJAMENTO Fernando Mello
ATENDIMENTO COMERCIAL E PEDAGÓGICO Eric Côco e Taís Romano

ADMINISTRATIVO
BACKOFFICE Maria Laura Uliana
JURÍDICO Lucas de Oliveira e Silva
FINANCEIRO Ingrid Coelho e Joana Marcondes
RECEPÇÃO E ALMOXARIFADO Rose Maliani
SUPORTE A PROCESSOS Gabriele Santos

EQUIPE DE APOIO
SUPORTE PEDAGÓGICO Nara Raggiotti, Nilce Carbone e Tamiris Carbone

---

Dados Internacionais de Catalogação na Publicação (CIP) de acordo com ISBD

G633a	Gomes, Helena
	Amonstragem: amostras reais de monstros mitológicos / Helena Gomes, Rosana Rios ; ilustrado por Cecília Murgel. - São Paulo : História Secreta, 2023.
	176 p. : il. ; 15,5cm x 22,8cm.
	ISBN: 978-65-980814-0-9
	1. Literatura infantil. I. Rios, Rosana. II. Murgel, Cecília. III. Título.
2023-1822	CDD 028.5
	CDU 82-93

Elaborado por Odilio Hilario Moreira Junior - CRB-8/9949

Índice para catálogo sistemático:
1. Literatura infantil 028.5
2. Literatura infantil 82-93

1ª edição, 2023

HiSTÓRiA SECRETA

rua napoleão de barros 266 • sala a • vila clementino
04024-000 • são paulo sp
11 3476 6616 11 3476 6636
www.carochinhaeditora.com.br
sac@carochinhaeditora.com.br

Siga a Carochinha nas redes sociais:

  /carochinhaeditora

História Secreta é um selo da Carochinha.
Toda história é secreta para o leitor que ainda não a leu. Leia e revele esta história!

•Amonstragem•

AMOSTRAS REAIS DE MONSTROS MITOLÓGICOS

HISTÓRIA SECRETA

SUMONSTRÁRIO

Carta ao leitor 5
Na Turquia 11
Quimera 16
Na Irlanda 22
Dragão 28
No Japão 35
Tengu 40
Na Grécia 46
Cérbero 52
No Egito 58
Basilisco 65
Na Itália 70
Harpia 76

No Canadá 82
Wendigo 90
No Nepal 96
Yeti 104
Na Noruega 110
Troll 118
No Cazaquistão 124
Grifo 132
Na Islândia 138
Kraken 146
No Brasil 152
Ipupiara 163
Epílogo 168
Sobre as autoras e a ilustradora 174

CARTA AO LEITOR

**Aeroporto de Guarulhos,
São Paulo, Brasil, julho deste ano.**

Olha, eu nunca acreditei em monstros. Quando era pequena e achava que tinha visto fantasmas ou zumbis no corredor escuro, meu pai dizia:

– Que bobagem! Fantasmas e zumbis não existem.

E se eu chorava quando ouvia trovões, com medo de alguma criatura malvada trovejando em cima das nuvens, minha mãe ria e explicava:

– Deixe de ser boba! O trovão é só o som criado por uma descarga elétrica no ar.

Claro que eu conhecia a tia Xênia. Ela sempre aparecia nos aniversários com presentes geniais! Ganhei dela uma lupa, uma lanterna que capta energia solar, livros sobre criaturas assustadoras. Sabia que era cientista e viajava pelo mundo fazendo pesquisas. Mas a gente não conversava, ela sempre estava com pressa. Nunca imaginei que, um dia, iríamos viajar juntas!

Ou que as pesquisas dela tinham a ver com...

MONSTROS!

Pois é. Imagine só que, nestas férias, minha mãe e meu pai inventaram de viajar. Era aniversário de casamento deles e sei lá o que mais, por isso cismaram de sair numa segunda lua de mel. Sem mim! Claro que achei uma ideia super-romântica, mas, puxa vida, e eu?

Teria que ficar sozinha?

Olha, os dois pensaram em tudo. E aí entrou em cena a tia Xênia, que mora perto da gente e me convidou para passar as férias com ela.

Para falar a verdade, achei ótimo! É a tia mais fofa que eu tenho. Bom, era o que eu achava, até que ela pediu para ver minha caderneta de vacinação e perguntou se eu tinha passaporte. Tudo bem, as vacinas estão em dia e tenho passaporte, sim. Meu plano era ter umas férias básicas: ler, ver seriados na TV, encontrar amigos no shopping. Para isso a gente não precisa de vacinas nem de passaporte, né?

Acontece que, quando cheguei à casa da tia Xênia... As malas dela estavam prontas para viajar, cheias de coisas esquisitas. Ela me apresentou o doutor Yvo, seu parceiro de pesquisas, o sujeito com a maior cara de cientista de desenho animado que já vi na vida, e disse:

— Nem desfaça a mala. Nós três vamos fazer uma viagenzinha amanhã.

Achei que íamos para alguma pousada na praia ou na montanha. Foi aí que eu vi o papel com a reserva das nossas passagens. Só de ida. A gente vai pegar um avião. Para a Turquia! Sabe para quê? Para coletar "amonstragens".

Sim, amostras de monstros!

Minha mãe me entregou um envelope com dinheiro para gastar na viagem. Euros! Meu pai me presenteou com um celular. E a tia Xênia me deu um caderno para anotar as coisas que eu observasse na viagem. Resolvi começar agora mesmo, que estamos no aeroporto, com esta carta. Praticando em um diário... Quem sabe viro escritora?!

Quer saber? Estou achando incrível! Férias básicas, que nada! Eles podem até ser doidos com essas tais amonstragens, mas UAU!

Eu vou para o outro lado do mundo!

Beijos empolgados da Maju 😘
PS: Ainda não acredito em monstros.

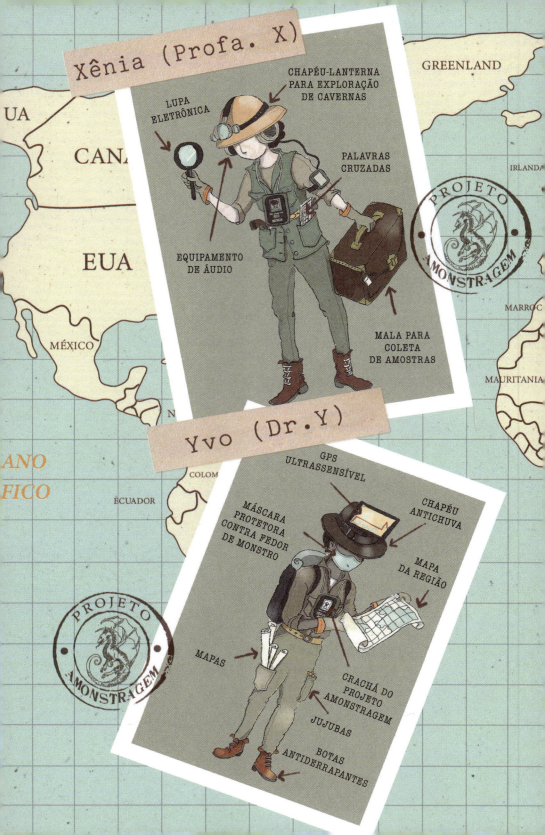

Istambul, julho deste ano.
Esta minha viagem de estreia no exterior está sendo maravilhosa!
Istambul é uma das cidades mais antigas do mundo. A gente sente isso no ar, nas esquinas de prédios construídos num passado remoto. Dá para imaginar os romanos de séculos atrás andando pelas ruas, ou cavaleiros medievais desfilando em imponentes cavalos, em meio aos turcos de antigamente, com suas vestimentas tradicionais.

No hotel, a tia Xênia ligou para uma secretária da universidade, a dona Laudelina, e reclamou que o seu estagiário ainda não tinha chegado. Aí ela e o doutor Yvo foram até a estação de trem comprar passagens para o local da pesquisa, um tal sítio arqueológico sei lá onde. E eu... Eu caí no mundo!

Gastei mais do que devia no Grande Bazar e até no Mercado de Especiarias, comprando temperos que a minha professora de piano adora! Tem lembrancinhas para o meu pai, minha mãe e todos os meus amigos.

Embora eu tenha me perdido no imenso labirinto que é o Bazar, considerado o maior e um dos primeiros mercados cobertos do mundo, foi uma felicidade só me sentir tão livre. Tudo que uma garota de catorze anos como eu espera conquistar!

Não falo um inglês lá essas coisas, mas pechinchei mercadorias como a gente vê nas histórias, conversei com um ou outro comerciante que se arrisca na língua portuguesa, vi produtos diferentes, comuns, exóticos, típicos. Ao final, estava exausta e feliz. Mas a sensação de liberdade durou pouco.

De volta ao hotel, havia alguém à minha espera na recepção: George Souza, o estagiário da minha tia, um garoto tão sério e compenetrado que lembrava meu bisavô ranzinza de noventa e cinco anos!

– A professora doutora X não a encontrou no hotel quando retornou da estação – ele explicou. – Como teve de partir imediatamente, enviou-me para que eu tomasse conta da senhorita.

Ele se referia, claro, à tia Xênia. Tinha cara de que estava odiando a situação tanto quanto eu.

–Não sou mais criança! – protestei.

–Acredite, eu me tornei estagiário para colaborar nas pesquisas e não para ser babá!

–Quantos anos você tem para achar que pode tomar conta de mim?

Ele hesitou por segundos.

–Dezesseis – acabou revelando. – Mas eu sou deveras responsável, domino vários idiomas, tenho habilidades e competências que me qualificam a...

Eu o deixei falando sozinho e fui para o meu quarto.

Fiquei pensando: se a professora X e o doutor Y, como minha tia e seu parceiro de pesquisas gostam de ser chamados, tinham enviado alguém para tomar conta de mim, era porque não sabiam quanto tempo ficariam ausentes.

No jantar, o insuportável do estagiário falou o tempo todo! Quase babava quando contou que os dois cientistas se dedicavam havia mais de vinte anos a suas pesquisas sobre monstros e que agora literalmente colhiam o fruto de seu trabalho. Estavam na etapa da coleta das amostras, as tais amonstragens – que eu só acreditaria existirem de verdade se visse ao menos uma!

Com a ajuda de outros cientistas em todo o mundo, eles criaram uma rede de colaboração em prol da ciência, o que chamam de Projeto Amonstragem. Em cada canto, voluntários ajudam na busca pelo material. Agora é a vez de finalmente provarem a existência de uma tal Quimera. O que virá depois eu nem imagino.

Claro que o dinheiro para a pesquisa é curto. Tem o investimento da universidade onde minha tia leciona, a verba do laboratório particular onde trabalha o doutor Y, uma ou outra instituição em outros países apoia a iniciativa... Mesmo assim, pelo que entendi, nunca é suficiente para tudo.

Prova era o hotel simplório em que nos hospedávamos. Até que era bonzinho, mas não tinha luxo algum. O bom é que ficava numa área turística, o que me ajudou a escapulir sozinha na manhã seguinte, antes que o tal George Souza resolvesse pegar no meu pé.

A droga é que não deu nada certo. Ele me achou durante a minha visita à famosa Basílica de Santa Sofia e à Mesquita Azul. Por mais que eu fugisse dele, ainda me perseguiu na Cisterna da Basílica, onde fotografei as esculturas de medusas nas bases de algumas colunas – e já postei nas redes sociais para os amigos acompanharem a minha viagem. Enquanto ganhava muitas curtidas e escapava de novo daquele metido a sabe-tudo, fiquei imaginando se as medusas teriam existido de verdade...

Foram dias tentando fazer turismo e não me encontrar com o garoto, o que se revelou impossível.

George era inevitável!

* 14 *

Acabei me rendendo duas semanas mais tarde. Eu o obriguei a me pagar as *baklavas* mais caras da melhor confeitaria de Istambul, fundada no começo do século XIX.

— Se tenho que aturar você como minha babá, então será do meu jeito! — exigi.

O garoto só franziu as sobrancelhas.

Mais tarde, paguei caro pela exigência. O infeliz foi "supervisionar" a arrumação da minha mala e encrencou com os temperos que eu tinha comprado.

— Estes artigos alimentícios não passarão pela alfândega do Reino Unido, nossa próxima etapa.

E foi sumindo com o presente da minha professora de piano, aquele abusado!

Se eu pudesse adivinhar o que me esperava...

Beijos pensativos da Maju

PS: É, como você já deve ter percebido, minha viagem não terminou na Turquia.

QUIMERA

Este monstro raríssimo tinha cabeça de leão, corpo de cabra-selvagem e cauda de dragão. Impossível? Era o que a equipe de cientistas também achava antes de encontrar provas de sua existência, na Turquia, em um vale próximo à região montanhosa que a Antiguidade conhecia como Lícia e que fazia parte do mundo helênico (grego).

Diz um mito que foi lá que um desses invencíveis heróis gregos, um tal Belerofonte, atendeu ao chamado do rei Iobates e venceu a pobre criatura numa luta. Na verdade, ele fez mais do que isso: exterminou o único exemplar conhecido de sua espécie. Muito antiecológico!

Se houve outras quimeras, ninguém mais ficou sabendo.

Segundo os registros da época, a vitória de Belerofonte contra a Quimera foi fácil.

Até parece! Depois olha a ficha do bicho…

[KIT BÁSICO
PARA LIDAR
COM O MONSTRO

LANÇA

ESCUDO

CAVALO
VOADOR

GÊNERO *Chimaira*
ESPÉCIE *hellenica*
NOME CIENTÍFICO *Chimaira hellenica ýpsilon*
ALTURA 2,10 metros
COMPRIMENTO 6 metros (do focinho ao final da cauda)
PESO 7.500 quilos (equivalente ao peso de um elefante africano)

TEMPERAMENTO teimosa como uma cabra, faminta como um leão e esperta como um dragão.

DIETA ALIMENTAR seres humanos, de preferência jovens, com carne tenra e macia. Diariamente, a Quimera era capaz de comer até 150 quilos de alimento (o que equivale a dois adultos de 75 quilos cada um; se possível, sem roupas; armaduras de heróis deviam causar azia).

HABILIDADES

1. Capacidade de cuspir fogo pela boca e pelo nariz, o que lhe garantia um churrasco bem passado na hora das refeições.

2. Agilidade fornecida por seu corpo de cabra-selvagem, acostumado a viver em solo rochoso.

3. Força extra em sua cauda de dragão, capaz de esmagar a vítima antes que ela pudesse gritar por socorro.

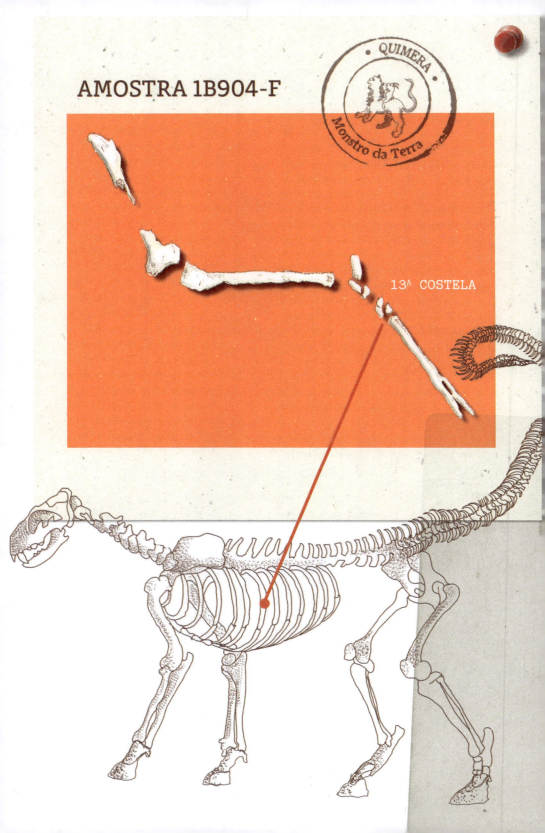

A teoria é de que, para matar a Quimera, Belerofonte agiu de modo traiçoeiro, vindo por trás para surpreendê-la. Dizem os livros que ele a atacou com uma lança. E, para escapar de suas rajadas de fogo e dos potentes golpes de cauda, usou o cavalo alado Pégaso, voando sobre ela durante o ataque. Seria a única forma de aniquilar um monstro tão poderoso.

A amostra obtida faz parte do esqueleto parcial da Quimera. O osso em questão é um pedaço da 13ª costela do imenso corpo de cabra-selvagem da criatura.

Foi encontrado perto de antigas ruínas da Lícia, no vale do rio Xhantos, na atual Turquia. Estava numa tumba quase inacessível, incrustada num rochedo, bem longe da curiosidade dos turistas.

CURIOSIDADES

• Dizem que a Quimera teria três cabeças: uma de leão, uma de cabra e uma de serpente. Somente pela amostra coletada, não há como saber.

• A Quimera é citada nas obras *Ilíada*, de Homero, e *Eneida*, de Virgílio.

• Como a existência da criatura era fantástica demais, as pessoas começaram a usar a palavra "quimera" para designar uma coisa imaginada, irreal e impossível.

Vale de Glendalough, Irlanda, agosto deste ano.
Minha bisavó sempre dizia:
— Agosto, mês de desgosto.
Pois não é que foi só o mês de agosto começar que a minha maravilhosa viagem começou a dar errado, ainda lá em Istambul?
A tia X e o doutor Y voltaram ao hotel com botas e mochilas enlameadas, mais uma caixa de madeira que não largavam de jeito nenhum; se um ia para o banho, o outro ficava tomando conta. O George delirou. Disse que lá dentro estava a amostra de um osso da Quimera, mas que ainda não era possível saber se o monstro teria uma ou três cabeças. Ah, fala sério...Três cabeças?!

As férias estavam no fim, e eu ia para casa. O plano era pegarmos um voo até Londres, de lá eu voltaria ao Brasil (sem babá!) e eles iriam para a Irlanda pesquisar outro monstro. Aí, do nada, chegou uma mensagem do meu pai avisando que era para eu continuar a viagem com a minha tia:

"Maju, sua mãe e eu vamos fazer um trabalho externo, por isso você continuará com a Xênia. Avisamos seu colégio e você vai estudar a distância. Fique atenta à caixa postal do seu e-mail. Um beijo!"

Um trabalho externo?! Mandei mensagem de volta, dizendo que preferia ir para casa, mas nada de resposta. E sabe como minha tia reagiu quando mostrei aquilo para ela? Nem se abalou.

— Ah, era de se esperar, querida! Vou pedir para a dona Laudelina trocar as passagens. E ainda comprarei um *notebook*. Você precisará dele para as tarefas.

Como assim, *era de se esperar?* Meu pai trabalha com TI, minha mãe é professora de idiomas. Que raio de trabalho será esse? E não adiantou eu reclamar nem esbravejar. Lá fomos nós num voo direto de Istambul para Dublin. E, segundo o estagiário dos infernos, todo feliz, a equipe fez uma bela economia na troca: conseguimos um voo barato sem escalas da Turkish Airlines!

Para piorar, fui sentada ao lado dele nas quase cinco horas de viagem... Fiquei ouvindo o infeliz contar sobre a cultura celta e a Irlanda, a ilha Esmeralda, cujo nome original é *Eire,* e que é terra de muitas tradições sobre seres fantásticos da *Faerie*, Povo das Fadas. Fadas? Ninguém merece!

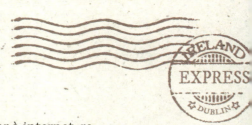

No Aeroporto de Dublin, ao me conectar à internet, recebi um e-mail da coordenadora da escola. Disse para eu aproveitar e enriquecer a minha cultura. E prometeu mandar arquivos das matérias toda semana para eu estudar. Comecei a chorar ali mesmo. Que saudades dos amigos, da turma do vôlei, das tardes no shopping...

Aí mais encrencas aconteceram. Uns guardas vieram chamar a gente na esteira de bagagens. Acharam alguma coisa errada nas nossas malas quando passaram no raio X. Tivemos que ir para uma salinha da *immigration*, alfândega, e abrir tudo. Foi um horror! Na minha mala só tinha roupas, sapatos, as lembrancinhas que comprei em Istambul. Na mala do George e na da tia X, tudo normal também.

Mas... na do doutor Y, que bagunça! Foi lá que os homens deram com a caixa preciosa. A tal amostra da Quimera tinha disparado o alarme! E eu não entendi nada. Por que tanta agitação?

Fizeram o doutor abrir, olharam, cheiraram, fotografaram. Por fim, receberam o telefonema de um dos colaboradores do Projeto Amonstragem – sem dúvida, alguém com poder de decisão – e liberaram a gente. Eu dei uma boa olhada na coisa. Parecia um osso de peito de frango ressecado.

Depois desse enrosco, saímos do aeroporto. Eu não aguentava de cansaço e vontade de tomar um banho. Mas quem disse que fomos para um hotel, como qualquer viajante sensato faria?

Não. A tia X disse que tínhamos de encontrar seu contato local, que ia nos levar de carro para um *bed and breakfast*. Certo. Esses B&B são pousadas onde a gente dorme e toma café da manhã.

Esperamos no estacionamento do aeroporto, com o George contando que o contato deles na Irlanda era uma pessoa fantástica, uma descendente dos sídhe. Depois de meia hora de conversa mole, consegui entender que os sídhe são gente mágica. O tal Povo das Fadas... Eu, hein!

E ela chegou. A senhora Caitlin, mulher magra e grisalha, parecia ter duzentos anos. Veio dirigindo um jipe velho, parou e abraçou todo mundo, menos o George. Ficou cismada com ele, apesar de o doutor Y jurar que ele era de confiança. E aí teve que ir lá atrás, com a bagagem. Bem feito!

Foi um pesadelo de viagem.

Depois de comprarmos meu *notebook*, saímos de Dublin por estradinhas estreitas e sacolejantes. Estava quente, mas nublado, e ventava muito. Passamos por paisagens lindas e verdes – que fotografei e já postei para os amigos –, vi pousadas maravilhosas e nada de chegarmos. A mulher falava sem parar numa mistura de inglês com sei lá que língua. A única palavra que decorei, de tanto que ela repetiu, foi algo que soava como "xazan", mas que o sabe--tudo do George disse que se escrevia *sciathán*. É gaélico e quer dizer "asa"! Dã?

Por fim, ela estacionou ao lado de uma casa de madeira bem despencada, no meio do nada, entre um morro cheio de pedras e um bosque gelado. Era nosso B&B. Um verdadeiro pulgueiro.

Claro que, quando fui tomar banho, descobri que o banheiro era um só para todo mundo e que a água não esquentava nem com reza, xingamentos ou magia! Vai ver que as fadas não gostam de água quente! E o meu quarto? Um cubículo frio. A cama, desconfortável. O café da manhã é mais um almoço que outra coisa. Para isso, eu não ligo. Gosto de experimentar comidas diferentes.

No outro dia, eles saíram para andar. Como aqui tem lugar para se andar! Estamos junto das montanhas Wicklow, tem trilhas e vistas incríveis por todo lado. E, como precisaram do George para carregar equipamento até o tal sítio arqueológico, me deixaram sozinha. A não ser pela misteriosa senhora Caitlin, dos sídhe, que ficou na casa e faz comidas deliciosas; me vigia, mas não muito.

Engraçado, começo a gostar dela. Sinto uma energia estranha... Ando, tiro fotos e, quando subo numa pedra alta, de onde vejo as ruínas da Igreja de São Kevin e um velho mosteiro, até me conecto à internet. O que não é legal, porque estão chegando os arquivos com matéria para eu estudar, ai, ai!

Beijos sonhadores da Maju

PS: Não sei por que, mas este lugar me parece a cada dia mais mágico. E fico imaginando... O que será que a tia X foi pesquisar? Alguma coisa que tem... asas?

DRAGÃO

Há muitos tipos de dragão, e descrevê-los exigiria um livro exclusivamente dedicado a essas criaturas que aparecem nas tradições de vários povos através dos tempos, associadas tanto ao fogo, quanto ao ar, à terra e à água. Apesar da variedade de amostras draconianas pesquisadas em pontos diferentes do planeta, apresenta-se aqui a de um espécime apenas, dada a sua importância lendária.

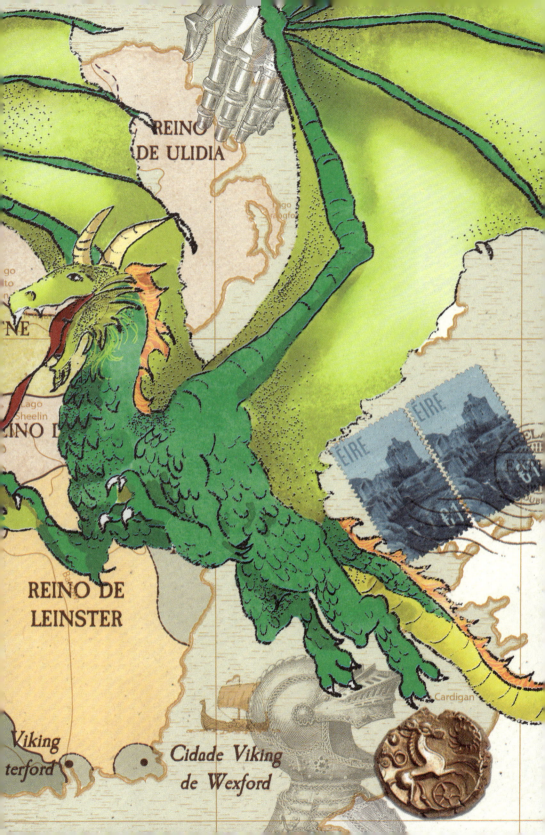

Tipicamente irlandês, este dragão viveu na Idade Média e, segundo a fiel descrição do historiador francês Joseph Bédier (que pesquisou em várias fontes do século XII em diante), tinha "a cabeça de uma serpente, os olhos vermelhos como brasas, dois chifres na testa, orelhas compridas e peludas, garras de leão, uma cauda de serpente, o corpo cheio de escamas de um grifo". Ainda de acordo com Bédier, foi o herói Tristão quem o derrotou naquele que se tornaria seu último ataque a um vilarejo na Irlanda do século V.

Contudo, acredita-se que muitos desses belos animais sobreviveram ainda vários séculos, escondidos em montanhas e florestas, e que seus restos mortais podem ser encontrados em buscas com a ajuda de amigos locais.

[KIT BÁSICO PARA LIDAR COM O MONSTRO

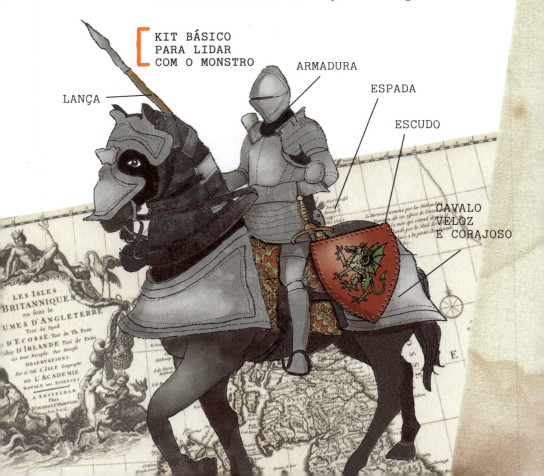

LANÇA

ARMADURA

ESPADA

ESCUDO

CAVALO VELOZ E CORAJOSO

A esperteza é uma das qualidades atribuídas aos dragões em geral. Ele também costuma ser o guardião de tesouros, aquele que os personagens heroicos, e outros nem tanto, devem eliminar se desejam enriquecer.

Há quem diga que muitas princesas foram transformadas em dragões. Se você encontrar uma delas por aí, pode utilizar o mesmo equipamento adotado pelos cavaleiros medievais nos combates draconianos. Com muita sorte (você vai precisar mesmo!), talvez consiga quebrar o encantamento...

As pesquisas complementam as informações fornecidas pelo especialista:

GÊNERO *Draco*
ESPÉCIE *alatus*
NOME CIENTÍFICO *Draco alatus eirensis*
ALTURA 3,5 metros
ENVERGADURA DAS ASAS 14 metros
PESO 80 quilos

TEMPERAMENTO brincalhão, aventureiro e instável (crises de fúria, sem razão aparente, eram muito comuns).
DIETA ALIMENTAR churrasco com carnes de todos os tipos de mamíferos disponíveis.

HABILIDADES
1. Cuspe incendiário.
2. Língua com veneno mortal.
3. Força e agilidade impressionantes.

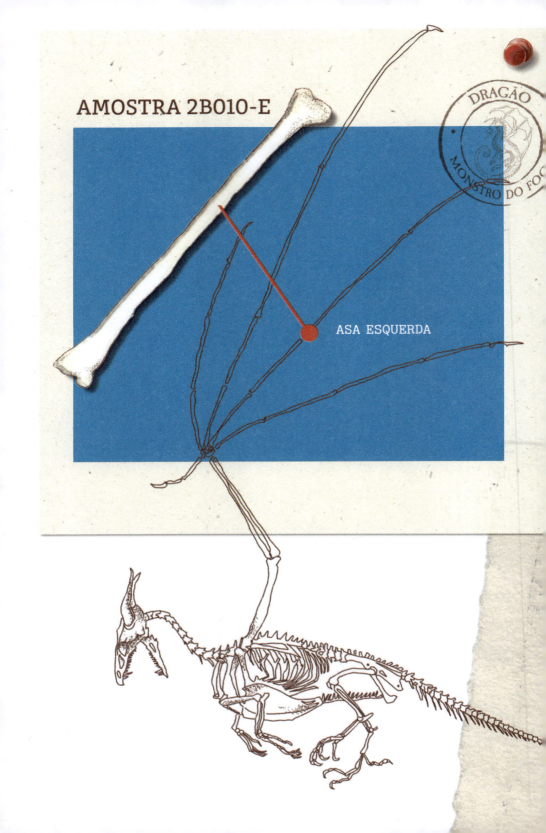

O dragão pode ser a energia criadora ou destrutiva, símbolo de poder, de forças ocultas. Dizem que, na Inglaterra, há dois dragões, um branco e um vermelho, enterrados em um cofre de pedra no centro de uma misteriosa ilha. Enquanto não forem descobertos, o país não sofrerá nenhuma invasão inimiga...

Esta amostra foi recolhida em um sítio arqueológico abandonado, nas ruínas de um castelo ou templo na Irlanda. É um dos ossos da asa esquerda do dragão irlandês. Os estudos biomecânicos concluíram que as asas eram formadas por uma estrutura muito leve e resistente.

Outros ossos encontrados comprovam o modo como a criatura foi covardemente assassinada por um herói (talvez o próprio Tristão ou um de seus colegas): a pancada violenta, feita por uma espada, nos flancos e a garganta trespassada pela mesma arma, que ainda atingiu o coração e o cortou ao meio. Uma violência desnecessária que vitimou uma das criaturas mais fascinantes que já existiram.

CURIOSIDADES

• Para os orientais, o dragão também simboliza as forças do bem e, em geral, está associado à água.

• O dragão mais antigo das histórias é a babilônica Tiamat, uma divindade de água salgada. Ao se unir a Apsu, a divindade de água doce, criou o Universo e os deuses. Esses, porém, mataram Apsu. Para se vingar, Tiamat começou a gerar monstros, inclusive mais dragões. Ela seria morta pelo herói Marduk, que, com pedaços de seu cadáver, faria o céu, a terra, os astros, os rios e os seres vivos.

Kyoto, setembro deste ano.

E foi mesmo o ossinho de uma asa – de dragão! – que a minha tia, o doutor Y e o ranzinza do estagiário escolheram trazer após um mês inteiro de trabalho. Àquela altura, eu estava tão envolvida pelo ambiente mágico da ilha Esmeralda que nem duvidei do absurdo da situação.

Meu ceticismo só retornou quando deixamos a Irlanda. Para não magoar a tia X, guardei minha sincera opinião só para mim, mentalmente comparando a nova descoberta a algum ossinho de dinossauro, embora eu nunca tenha visto de perto um osso desse tipo.

Sério, pensa... Asa de dragão? Até parece!

Setembro veio e nos encontrou hospedados num albergue em Kyoto, no Japão. Eu me remoía de saudades dos meus pais e dos meus amigos, odiava cada vez mais ter que estudar a distância, sozinha, e me sentia cada vez mais abandonada pela minha vida de antes.

A tia X, porém, parecia monitorar minhas mudanças de humor. Naquela manhã, em frente ao albergue, ela e o doutor Y receberam o contato local, um sujeito esquisito vestido como samurai – até uma *katana* de verdade ele carregava! Seu rosto estava coberto por uma estranha máscara sem buracos para os olhos, o que me causou ainda mais estranheza. Como ele podia enxergar alguma coisa?

– Este homem é, na verdade, uma *kitsune* de nove caudas – George cochichou em meu ouvido. – Um espírito de raposa com o poder de se transformar em humano.

Aquele estagiário metido tentando contar piada tinha mais graça do que a suposta piada.

Sufoquei a tempo a vontade de rir. Tanto o garoto quanto a minha tia e o doutor se inclinavam para cumprimentar o sujeito mascarado. Como ele me ignorou, eu também o ignorei. Agindo do modo mais discreto possível, conferi que não havia nenhuma cauda à vista, imagine nove!

Como o doutor Y arranha um pouco de japonês, ele saiu conversando com o sujeito. Foram alugar uma caminho-

nete para o trajeto até um acampamento numa das montanhas da região, na busca por uma nova amonstragem.

George, claro, estava todo animado para ir!

– A Maju anda triste. – Minha tia o deteve. – Faça-lhe companhia enquanto estivermos fora.

Eu ia brigar pela minha independência. Desisti só para acompanhar a vermelhidão que subiu pelo pescoço do garoto até dominar por completo o seu rosto. Mesmo tão possesso e ultrajado por ser de novo a minha babá, ele não ousou contrariar a ilustríssima mestra.

– Sua vontade é uma ordem, professora doutora X – disse ele, bajulador. E ainda forçou um sorriso que me pareceu medonho.

Tive que aguentá-lo naquele dia e nos seguintes também.

Por sorte, o clima estava agradável e a cidade é linda, cheia de templos budistas, santuários xintoístas, monumentos com séculos de existência, uma vila e um palácio imperial. Existe até um castelo onde viviam os antigos generais conhecidos como xóguns. A gastronomia local oferece ótimas opções, e eu ainda tenho a minha mesada para gastar em compras.

Foi no último dia do mês que duas coisas muito estranhas aconteceram. Naquela tarde, George e eu visitávamos o Sanjusangendo, um templo em madeira todo horizontal, erguido no século XII. O local abriga o que achei mais incrível: 1.001 estátuas douradas!

Fiz muitas fotos, buscando ângulos diferentes; postei as mais bonitas nas redes sociais. Desta vez, George não me encheu com explicações sobre o local, ao contrário do que fez em todo canto por onde passamos. Ele estava estranhamente silencioso, desconfiado até. Parecia vigiar algo ou alguém que pudesse vir até nós.

Em algum momento, acho que o George surtou. Puxando-me pelo pulso, aquele chato me fez sair correndo do templo até a estação Shichijo, onde embarcamos no primeiro trem à nossa frente.

– Dá para explicar o que está acontecendo? – cobrei.

O garoto me espiou como se eu fosse uma mala pesada que ele tinha que carregar por aí.

– Quase perdemos o trem – foi sua desculpa esfarrapada.

Como toda a correria me rendeu uma horrível dor de cabeça, não insisti mais no assunto.

À noite, eu descansava no meu quarto no albergue quando, pelo celular, recebi um vídeo da minha mãe que me deixou em alerta máximo! Ela gravara a si mesma junto de uma árvore.

– Filhinha, que saudades! – dizia. – Infelizmente seu pai e eu não poderemos voltar para casa tão cedo e... – Então ouvi a voz dele, chamando-a com um grito. Era pressa? Ou desespero? O celular tremeu em suas mãos. – Aproveite mais um pouco a viagem com a sua tia... – Ao fundo, escutei os ruídos abafados do que parecia um tiroteio. – Nós te amamos!

A gravação ainda durava alguns segundos com imagens indefinidas, como se a minha mãe estivesse fugindo antes de encerrá-la.

Imediatamente liguei para a tia X. Levei um susto ao ouvir o toque do celular dela – a trilha do filme *De volta para o futuro* – chamando junto à minha porta, que ela entreabria naquele instante.

A tia X estava de volta e com muita pressa. Mal escutou o que lhe contei sobre a gravação da minha mãe, argumentando que tinha falado com os meus pais e que os dois estavam ótimos. E foi direto ao ponto: pegaríamos o trem-bala para Tóquio ainda naquela noite.

– A gente não ia para lá de avião? – estranhei.

Eu tinha planos de passar pelo menos uns dois dias na capital japonesa para conhecer as novidades em tecnologia.

– Resolvemos antecipar a viagem, querida. Arrume suas coisas. Já estamos de saída.

Ela não me deu tempo de perguntar o motivo de tanta correria.

Beijos cansados da Maju

PS: Da tal montanha, a tia X e o doutor Y trouxeram uma nova amonstragem...

O *tengu* é um *youkai*, um monstro que habita as regiões montanhosas do Japão desde tempos remotos. Seu aspecto mais comum é de um ser humano com bico de corvo, olhos brilhantes, garras afiadas e grandes asas vermelhas. Ele tem a capacidade de se metamorfosear e, muitas vezes, aparece sob a forma de um monge de cara vermelha e com um imenso nariz, mas ainda com asas. Todo *tengu* voa, pois vive no alto das árvores. Dizem que ele rapta crianças e adultos e que, se enfrentado, pode estraçalhar a pessoa com as garras, ou incendiá-la com magia, embora prefira matar com sua *katana*. Tengus são mestres nas artes marciais.

Segundo os relatos, o *tengu* já foi chamado de "cão celestial" e "matador da vaidade". Ele gosta de castigar pessoas vaidosas ou arrogantes, que podem se tornar *tengus* também.

O rei *tengu* mais famoso foi Sojobo, que vivia no monte Kurama, situado a noroeste da atual cidade de Kyoto, no Japão. Os reis eram chamados de *daitengus*.

Há relatos sobre um monge que, ao morrer, tornou-se um deles: Doryo Daigongen, administrador do Templo Dayuzan, que faleceu em 1411 e se transformou num *tengu* guardião desse templo.

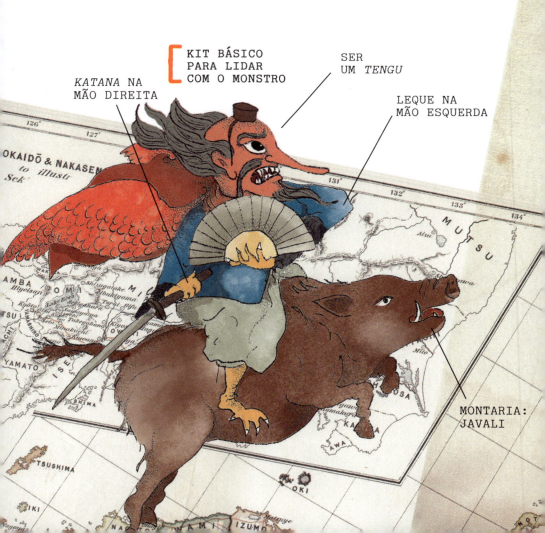

[KIT BÁSICO PARA LIDAR COM O MONSTRO

KATANA NA MÃO DIREITA

SER UM *TENGU*

LEQUE NA MÃO ESQUERDA

MONTARIA: JAVALI

GÊNERO *Youkai*
ESPÉCIE *tengus*
NOME CIENTÍFICO *Youkai tengus monskuramensis*
ENCONTRADO EM DUAS FORMAS o *tengu karasu* e o *tengu yamabushi*
ALTURA em média 1,60 metro (com exceção do rei *tengu*, que é gigante)
ENVERGADURA DAS ASAS pode alcançar até 4 ou 5 metros
PESO desconhecido (ninguém jamais pôde chegar perto para pesá-lo)

TEMPERAMENTO feroz, orgulhoso, ofende-se com facilidade; detesta pessoas arrogantes, a quem castiga com requintes de crueldade, mas, se for tratado com educação e humildade, pode tornar-se um aliado.

DIETA ALIMENTAR consta que os *tengus* antigos raptavam seres humanos para devorá-los, mesmo não existindo provas disso; os japoneses, tradicionalmente, fazem oferendas de arroz e *manju* (doce de feijão) para agradá-los, e eles parecem apreciar esses alimentos.

HABILIDADES
1. Capacidade de voar e de fazer os inimigos planar pelos ares.
2. Extrema perícia com a espada; acredita-se que foram os *tengus* que ensinaram as artes marciais aos primeiros samurais.
3. Coragem: são vistos às vezes montando ferozes javalis.

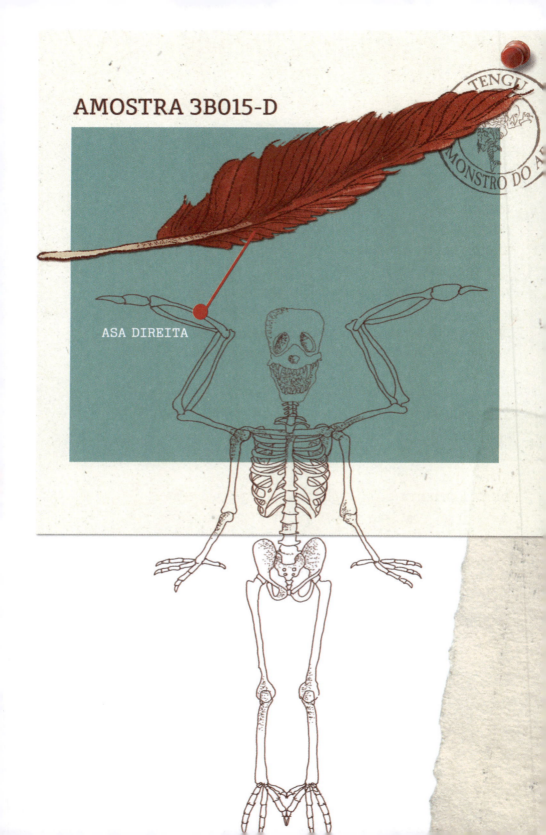

Pelo que se sabe, é impossível matar um *tengu*. Para enfrentá-lo, só mesmo se tornando outro *tengu*...

Esta amostra faz parte da asa de um *tengu*; a curvatura indica tratar-se da asa direita. Apesar de ser muito antiga (a datação indicou um período próximo do século XIII), a cor vermelha aparece bem preservada e brilhante.

Foi encontrada em uma escavação no alto do Kurama-yama (monte Kurama), a certa distância do templo lá existente, próximo a uma árvore considerada sagrada. Estava envolta em um fragmento de seda vermelha. Poderia tratar-se da pena de um leque (os *tengus* tradicionalmente portavam leques), porém o tamanho indica que o mais provável é ser mesmo parte de uma asa.

CURIOSIDADES

• Dizem que, no século XII, o jovem Yoshitsune, do clã Minamoto, que vivia no exílio em um mosteiro, foi treinado nas artes da espada pelo *daitengu* Sojobo. Isso o tornou um exímio guerreiro e o ajudou a derrotar o clã inimigo de sua família, os Taira.

• Em 1860, o xógum do clã Edo visitou Nikko, ao norte de Tóquio, e pessoas da região puseram placas por toda parte pedindo aos *tengus* locais que não aparecessem.

• Os *tengus* são citados em quase todas as obras sobre o folclore japonês. Estão presentes também em textos budistas e mesmo históricos.

Atenas, outubro deste ano.

Da estação em Tóquio, a gente foi correndo pegar o tal monotrilho. O doutor Y ia na frente, com a maleta nova que ele e minha tia haviam comprado. As amonstragens agora viajam ali.

A última aquisição foi uma pena vermelha que eles juram ser de um *tengu*. Para mim, é pena de arara mesmo. Tem arara no Japão, não tem?

Bom, a gente corria, e o George ia atrás, olhando para todo lado. Será que tinha alguém nos seguindo? Fiquei agoniada e só relaxei quando chegamos ao Aeroporto de Haneda e embarcamos. Próxima parada: Grécia! (Se bem que a parada viria só depois de escalas em Bangkok e Singapura, onde trocamos de avião.)

Foi um voo demorado! Ainda bem que o George não se sentou comigo. Aproveitei para estudar, porque eu tinha me "esquecido" de estudar no Japão. Tem aulas que são fáceis, mas tem outras que eu leio, leio e não entendo. Daí vai ficando difícil!

Confesso que fiquei emocionada ao saber que viríamos para Atenas. Ano passado fiz um trabalho na escola sobre a Hélade, o nome antigo da Grécia, e aprendi muito sobre a mitologia grega. Então, assim que a gente desembarcou (e eu doida para andar depois de mais de 26 horas sentada), senti um arrepio na espinha. Eu estava na terra dos deuses do Olimpo!

Nosso contato estava à espera no aeroporto. Um senhor grisalho com um sorriso enorme, conhecido como mestre Z. Ele é amigo antigo da tia X. Deu um beijo nela que fez o doutor Y torcer o nariz de ciúmes. Como eu desconfiava: tem um romance rolando entre X e Y, ah, se tem!

O homem fala português e ficou feliz em ver o George; pelo que entendi, conhece a mãe do insuportável. Perguntou para ele algo sobre uma "situação difícil" em casa. Humm, aí tem coisa...

Ficamos hospedados na casa dele. O mestre Z é arqueólogo – e fico imaginando que seu nome seja Zorba, como o personagem de um filme sobre o qual o meu pai vivia comentando com a minha mãe. É uma casa antiga num bairro próximo ao centro. Por todo canto tem pedaços de estátuas, pedras e tijolos velhíssimos, papéis e livros. Há também um terraço tipo laje no telhado, de onde se vê a Acrópole.

A Acrópole é a "cidade alta" e lá fica o Partenon, o famoso templo de Atena. Logo me lembrei do mito. Quando a cidade nasceu, não se sabia a que deus ou deusa ela seria dedicada. Dois dos olímpicos, Poseidon e Atena, disputaram a honra. Para agradar ao povo, Poseidon fez surgir um cavalo, e Atena, uma oliveira. Pois as pessoas gostaram mais de azeitonas que

de cavalos! Ela virou a deusa da cidade, que passou a se chamar Atenas. E a oliveira virou a árvore nacional deles.

Na primeira semana que passamos aqui, Y e Z só discutiam. Aos berros! Quando falavam em grego, eu não pescava nada... Às vezes, brigavam em português mesmo, e aí eu captei que eles discordavam do lugar onde iam pesquisar a amonstragem. Fiquei tão cismada com aquilo que (ARGH!) interroguei o estagiário. E ele, claro, demorou horas para me explicar.

Em resumo: Y e Z queriam ir ao Portal do Hades, só que há vários sítios arqueológicos que dizem ser a entrada do mundo subterrâneo. Tá. Os mitos contam que Hades era o deus do lugar no fundo da terra para onde iam as sombras dos mortos. Sinceramente, eu não sabia que ainda tem gente sem noção a ponto de acreditar que isso existiu!

No final, eles foram pesquisar os tais sítios, um por um. E eu? Fiquei sozinha e aproveitei para passear. A tia X andava de cara feia e não mandou o George me vigiar desta vez. Foi ótimo!

Todo dia eu passava pelo National Garden, que é delicioso. Depois ia para o Templo de Zeus ou o Museu da Acrópole – no museu, entrava sempre que tinha euros para pagar a entrada. Tirava fotos, postava para os amigos e curtia ficar ali, apreciando as estátuas... O grande espetáculo é o Templo de Atena. Mesmo quando eu não queria gastar dinheiro com o ingresso, chegava perto e ficava lá sentada, imaginando a deusa da Sabedoria aparecer. Quase acreditava nela e nos deuses olímpicos!

Fazia semanas que estávamos em Atenas quando descobri o que a tia X e o doutor Y procuravam. Nada mais nada menos que o túmulo do pet de Hades, o Cérbero, um cão de

três cabeças! Claro que achei um absurdo, um bicho tricéfalo (palavra que aprendi com o estagiário)!

Aí uma coisa incrível aconteceu. Um dia, bem cedo, o doutor Y e o George foram com o mestre Z pesquisar não sei o que na Universidade de Atenas. E a tia X me convidou:

– Vamos passear em Kerameikos?

No outono grego não faz frio durante o dia, só venta um bocado. As árvores ficam lindas, suas folhas vermelhas e douradas começam a cair. Saímos para a praça Syntagma e de lá seguimos, andando e conversando. Ela me contou que, na verdade, Kerameikos é um cemitério!

– Tenho uma amiga que mora aqui e trabalha na Sociedade Arqueológica Grega. Ela me falou das últimas escavações e de pesquisas sobre pessoas que foram enterradas com seus animais de estimação. Acontece que em Kerameikos acharam ossos dos animais sem restos dos humanos por perto. Falei para eles, mas não me deram atenção. Então resolvi vir sozinha e encontrar minha amiga.

Para encurtar a história: como "eles" (o doutor Y e o mestre Z) não consideraram a opinião das mulheres e não ligaram para aquela pista, cabia a nós descobrir do que se tratava.

Também colaboradora do Projeto Amonstragem, a amiga da tia X (ela tem um desses nomes gregos complicados) foi nos encontrar no cemitério e levou a gente atrás de ruínas chamadas Pompeion. Tudo cercado, para turistas não entrarem. Pensei que a minha tia ia ter um troço!

A amiga pôs luvas e ergueu uma placa de pedra do chão. No buraco, ossos misturados com terra. Até eu pude ver que alguém tinha enterrado um cachorrão ali. Ou mais... Havia três crânios!

A tia X botou luvas, também. Com uma pinça, pegou uma espécie de tecido ou couro do meio da terra. Falou alguma coisa em grego com a amiga e depois guardou aquilo numa caixinha.

Juro que, bem naquela hora, eu senti o chão tremer.

Fiquei apavorada, mas as duas estavam tão felizes e ocupadas devolvendo a pedra para o lugar que nem se abalaram. Aí a minha tia disse:

– Vamos? Não quero perturbar o descanso de Cérbero. Já temos o que viemos buscar.

Naquela noite, ela deu a maior bronca no doutor Y e no mestre Z. Não entendi bulhufas, ela falou grego. Mas, claro, estava criticando o machismo dos dois, que ficaram bem jururus!

George parecia diante de um tesouro no minuto em que a minha tia apresentou a nova amonstragem.

– Espero que Hades não se zangue – ela desejou. – Ele é um deus ctônico, pode causar tremores de terra!

Eu me lembrei do tremor no cemitério e fiquei com a pulga atrás da orelha. Fui pesquisar na internet que raios era "ctônico" e descobri que é uma palavra que se refere ao que é subterrâneo e a deuses do submundo. Ops! Será que aquele era mesmo o túmulo do cão de três cabeças do Hades?

Beijos intrigados da Maju

PS: No dia seguinte, dona Laudelina mandou passagens para a próxima etapa. Vamos ao Egito!

Um cachorro pode ser um excelente guardião. Agora imagine se ele for enorme, mas enorme mesmo, e ainda tiver três cabeças... Sim, apenas três – e não cinquenta ou cem, como gostavam de inventar os gregos mais exagerados.

Esse foi Cérbero, realmente um cachorro especial, o primeiro da sua espécie a obter a honra de guardar a porta do mundo dos mortos, que na Hélade eram chamados de "sombras". Sua função era impedir que os vivos entrassem no local e que os mortos saíssem de lá.

Dizem que o dono, o deus Hades, costumava lembrar que escolheu seu pet numa ninhada que teve como mãe a víbora Equidna e, como pai, o gigante Tifão. Será verdade? Ou Hades estava apenas contando vantagem? Bem... com o senhor da terra dos mortos a gente não discute, não é?

Apesar da ferocidade de Cérbero, ótimo cumpridor de suas obrigações caninas, volta e meia os heróis conseguiam enganá-lo para entrar no mundo dos mortos. Um deles foi Orfeu, que o fez adormecer ao som de sua lira. Sibila, acompanhada por Eneias, atirou-lhe um bolo com sonífero, que ele devorou rapidinho antes de ir para o canil enrodilhar-se em sua almofada preferida e pegar no sono.

O mais truculento dos heróis foi, sem dúvida, Hércules. Ele usou a força para, brutalmente, arrastar Cérbero para uma voltinha ao mundo dos vivos. Devolveu-o logo depois, caso contrário Hades ficaria uma fera. E nem mesmo um herói grego quer ver o deus dos mortos virar uma fera!

A única certeza é de que Cérbero foi mesmo um cãozinho especial. Veja só:

[**KIT BÁSICO PARA LIDAR COM O MONSTRO**

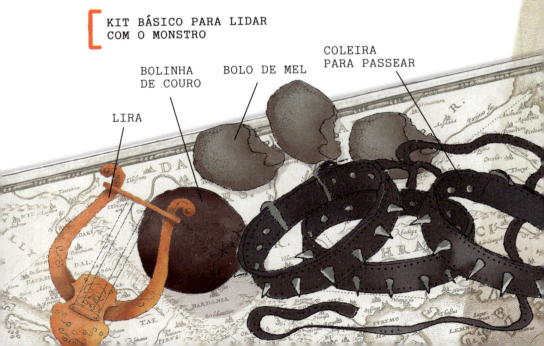

LIRA

BOLINHA DE COURO

BOLO DE MEL

COLEIRA PARA PASSEAR

GÊNERO Canis
ESPÉCIE tricefalus
NOME CIENTÍFICO Canis tricefalus inferus
ALTURA 2 metros
PESO em média 500 quilos

TEMPERAMENTO feroz com os desconhecidos; dócil, brincalhão e obediente com o dono e com quem soubesse cativá-lo; sempre alerta e vigilante (ao menor ruído, suas três cabeças começavam a latir, um transtorno ensurdecedor para a vizinhança, que cansava de reclamar).
DIETA ALIMENTAR ração importada do Oriente e, às vezes, bolo de mel.

HABILIDADES

1. Mordidas possantes, com dentes capazes de triturar as vítimas.
2. Excesso de baba, que deixava o chão escorregadio e sempre rendia um tombo inesperado para algum herói que ia confrontá-lo.
3. Pulos de alegria, que podiam esmagar quem cismasse de brincar com ele (isso sem contar o impacto mortal da cauda, que não parava de balançar quando Cérbero estava feliz).

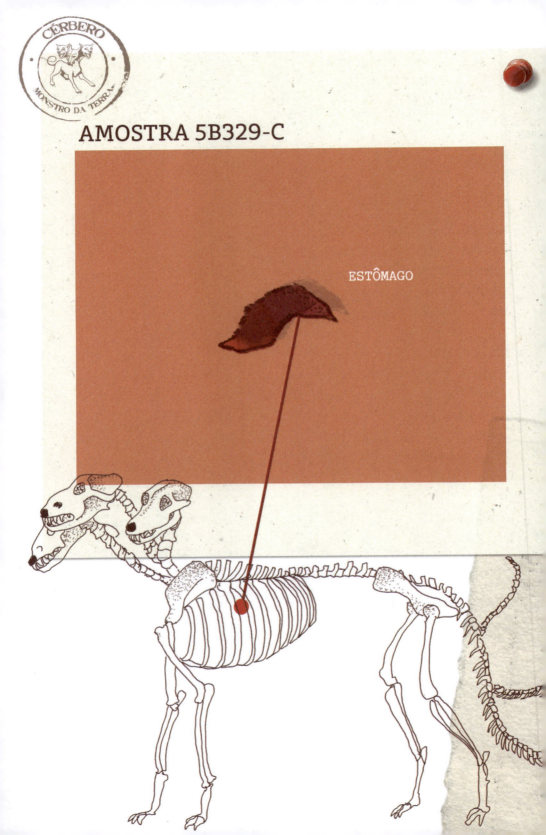

Esta amostra foi retirada dos restos mortais de Cérbero, encontrada numa escavação em Atenas, em um cemitério que, além de abrigar ossos humanos, era o descanso final para alguns animais. Trata-se de um pedacinho do estômago do cão. Lá foram achados resíduos de ração canina e bolo de mel, o que comprovou que, apesar de estraçalhar suas vítimas, ele não se alimentava delas.

Depois da retirada dessa amostra e do registro de todas as informações possíveis, não se profanou o descanso merecido de Cérbero após a morte natural que o alcançou, pelos cálculos, numa idade muito avançada. Ele permanece até hoje escondido do restante do mundo, na maior e mais misteriosa tumba daquele cemitério, onde seu saudoso dono enterrou-o com todas as honras.

CURIOSIDADES

• Cérbero simboliza o terror da morte, que pode ser domado pela força de vontade da pessoa (a força de Hércules) ou pela fé (o som da lira de Orfeu).

• O cachorro mais famoso da Antiguidade continua famoso nos dias de hoje. Ele sempre faz participações especiais em livros, filmes e desenhos animados.

• Segundo a mitologia escandinava, outro cachorro imenso e diferente tomava conta da morada dos mortos: Garmr, que tinha quatro olhos e, ao que parece, apenas uma cabeça.

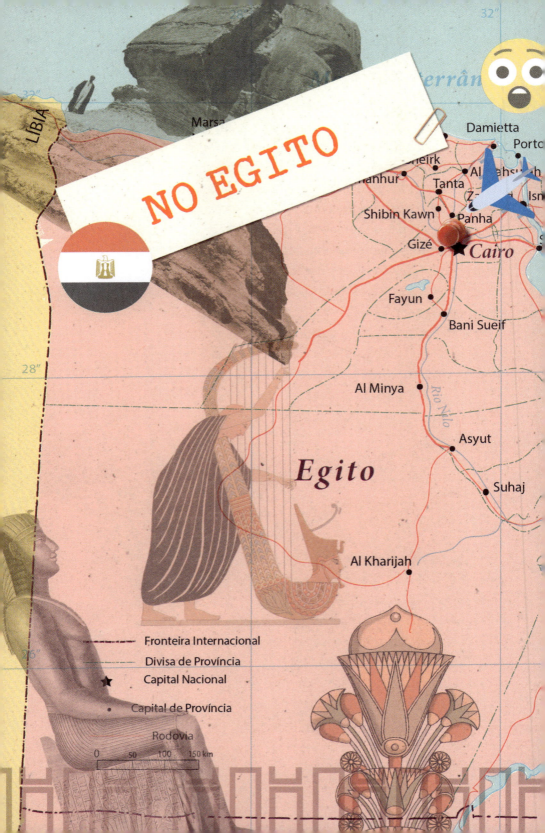

Cairo, novembro deste ano.

Acredita que da janela do meu quarto dá para avistar as pirâmides? Lindas, majestosas e vigiadas pela Esfinge no platô de Gizé, lá estão elas: Quéops, Quéfren e Miquerinos. Consegue calcular quantas *selfies* já fiz com essa turma famosa ao fundo? Eu mesma já perdi as contas... E o hotel é todo decorado com motivos faraônicos. Meio brega, mas não deixa de ser fofo também.

A cidade reúne muita coisa legal para se conhecer. Do Museu do Cairo à islâmica Cidadela de Saladino, o que não faltam são atrações turísticas e tesouros com muitos séculos de existência. Gosto da areia que o vento traz do deserto, da deliciosa gastronomia local, do jeito como as mesquitas chamam os fiéis para as orações – cinco vezes ao dia e por alto-falantes! – e até do trânsito caótico que todo mundo costuma detestar.

O que ainda estranho são as diferenças culturais, algo com que nunca me preocupei antes. Como estamos numa sociedade mais conservadora, sou obrigada a vestir roupas discretas – ou seja, nada de shorts, minissaias, bermudas e blusas decotadas. Até posso usar calça comprida, desde que seja folgada. Também não se recomenda aos estrangeiros abraçar e beijar outra pessoa em público.

Estamos no Cairo há quase um mês, apenas o George e eu. Minha tia e o doutor Y nos deixaram no hotel, no nosso primeiro dia na cidade, e, acompanhados por um contato que nem me apresentaram, seguiram para algum destino que mantiveram em segredo.

Desta vez, contra todas as expectativas, George aceitou bem ser a minha babá. Quanto a mim, confesso que fiquei magoada com a tia X. Por que esconder para onde iam? Não sou de confiança? Horrível isso!

Fazer turismo é tudo de bom, claro, mas depois daquela experiência no cemitério grego, da nossa cumplicidade, pensei que... sei lá... ela iria me incluir na nova expedição. Acho que agora entendo um pouco como o George se sente ao ser deixado para trás.

Por falar nele... Não, nós não nos tornamos amigos. Não gosto dos assuntos dele, o garoto não gosta dos meus e fica assim mesmo.

Longe da minha tia, fui ficando cada vez mais desanimada. A gota d'água foram os resultados dos meus esforços para estudar a distância. Recebi notas horríveis em todas as disciplinas! Preciso conseguir melhorá-las com as atividades extras...

Morrendo de medo de reprovar de ano, caí no choro e no desespero. Estranhando que não apareci para o café da manhã no restaurante do hotel, George foi até o meu quarto. Quando abri a porta, ele se deparou com os meus olhos inchados e as lágrimas que despencavam em abundância.

– O que houve? – perguntou, alarmado.

Não pude responder. Soluçando, mostrei o arquivo com as notas, que eu baixara no celular. George sorriu, aliviado. Arrasada demais, nem tive forças para xingá-lo por sua insensibilidade diante da minha tragédia pessoal. Custava para ele se comportar como gente e, ao menos, fazer uma cara triste?

Sem sequer pedir autorização, o garoto foi invadindo meu espaço, sentou-se à mesa onde estava meu *notebook*, abriu pastas, fuçou arquivos e, após um rápido levantamento, sinalizou para que eu me aproximasse.

– Ajudarei a senhorita com os estudos – ele me informou.

Quando vi, já estávamos revisando juntos fórmulas matemáticas, conceitos científicos, aspectos geográficos e históricos, regras gramaticais em português e inglês... Foram manhãs, tardes e até algumas noites de esforço conjunto para que eu finalmente dominasse conhecimentos suficientes e me desse bem nas atividades extras.

Devo admitir que adorei descobrir que o George não sabe tudo. Mesmo que ele fique disfarçando, percebo seus tropeços em matemática e minha superioridade em literatura. Por outro lado, valeu tê-lo ao meu lado, lidando com as próprias

limitações só para me ajudar. Cheguei até a pensar que ele nem é tão ruim assim como ser humano...

Hoje cedo, no entanto, voltei a odiá-lo com todas as forças. No *notebook*, enquanto eu terminava de enviar a última das atividades extras por e-mail, aquele insuportável olhava alguma coisa no seu celular. De repente, ele pulou da cadeira. Até se esqueceu de me chamar de "senhorita".

– Você está postando cada etapa da nossa viagem nas redes sociais! – esbravejou.

E por que eu não postaria? Meus amigos tinham adorado minha foto mais recente, uma das *selfies* com as pirâmides ao fundo.

– A partir de hoje, você está proibida de usar as redes sociais! – ordenou George.

– E quem você pensa que é para...? – comecei a gritar, indignada.

– E trate de arrumar sua mala, agora! Nós vamos mudar de hotel.

– Vá você! Eu não pretendo sair daqui!

Bufamos juntos, um encarando o outro. Ele respirou fundo e se recompôs.

– Vou à recepção providenciar o *check-out* – anunciou.

E saiu pisando duro. Fui atrás só para azucriná-lo. Como o meu quarto fica no primeiro andar, dispensamos o elevador e seguimos pela escada. A poucos passos da recepção, George parou de repente e, me puxando, nos escondeu atrás de uma pilastra.

– O que você...? – eu ia brigar com ele.

Sua mão cobriu minha boca, exigindo de um modo grosseiro que eu me calasse. Acabei aceitando, pois reparei no homem de uns quarenta anos que, em inglês, perguntava ao recepcionista sobre a tia X, o professor Y e, estranhamente, sobre mim.

Assustada, espiei o garoto. Nervoso, ele não desviava o olhar do tal homem.

O recepcionista conferiu algumas informações no computador e, com a expressão mais convincente do Universo, garantiu que ninguém com os nossos nomes e sobrenomes tinha se hospedado no local nas últimas semanas. Pisquei, o estagiário ficou ainda mais tenso e o homem agradeceu pela informação antes de ir embora.

– Ele descobriu que você é sobrinha da professora doutora X... – George deduziu, libertando-me. – E acompanha cada passo nosso porque você fica postando aquelas fotos... A culpa é toda sua!

– Minha?! Pois eu não vejo motivo nenhum para alguém ficar seguindo a gente pelo mundo!

– O objetivo de vida daquele homem é desacreditar nossa árdua pesquisa sobre os monstros!

Quanto exagero... Só mesmo um estagiário sem noção para defender tamanha teoria conspiratória!

– E quem é esse nosso arqui-inimigo? – zombei.

– O professor W.

– Sério? Temos mais uma letra?

Ameacei rir, o que voltou a enfurecer o garoto e o fez me largar ali, rumo à escadaria. Nisso, senti que o recepcionista me observava com um sorriso cúmplice. Encarei-o, desconfiada. Seria ele mais um dos voluntários do Projeto Amonstragem?

Beijos ainda mais intrigados da Maju

PS: A tia X acabou de me ligar. Disse que temos, sim, que fazer o *check-out* e correr para o Aeroporto Internacional do Cairo, onde vamos esperar por ela e pelo doutor Y. O pior é que mais uma vez fiquei sem saber qual será o nosso próximo destino...

BASILISCO

O basilisco foi uma das criaturas mais temíveis da Antiguidade. Citado em obras de dezenas de estudiosos e até na Bíblia, era considerado o Rei das Serpentes e podia petrificar suas vítimas com o olhar, como as górgonas da mitologia.

Era descrito como uma serpente com uma mancha branca em forma de coroa na testa; alguns dizem que possuía crista-de-galo. Acreditava-se que os basiliscos nasciam de ovos postos por um galo e chocados por um sapo. Para o monstro nascer, a estrela Sirius teria de estar em ascensão no céu. Dizia-se que seu olhar era fulminante, secava plantas e fazia as pedras racharem.

Só uma criatura podia matar um basilisco: a doninha. Esses animais comiam arruda para se recuperar de qualquer mordida do bicho e não sossegavam até vê-lo morto.

Algumas pessoas levavam galos consigo em viagem, pois acreditavam que o canto dessa ave tinha o poder de matar os basiliscos. Consta que foi Alexandre, o Grande, quem descobriu a melhor forma de matar esse monstro: evitar fitá-lo e usar um espelho para que sua superfície refletisse o olhar mortal do bicho. Isso teria acontecido quando o conquistador promovia

[KIT BÁSICO PARA LIDAR COM O MONSTRO

GALO CANTANDO

ARRUDA ATRÁS DA ORELHA

ESPELHO NA MÃO

DONINHA DE ESTIMAÇÃO

GÊNERO *Basiliscus*
ESPÉCIE *gorgonensis*
NOME CIENTÍFICO *Basiliscus gorgonensis plinius*
COMPRIMENTO variável; Plínio, o Velho, diz que os basiliscos mediam até trinta centímetros, porém relatos posteriores chegam a descrevê-los como serpentes gigantes
PESO incerto; não existem relatos sobre seu peso

TEMPERAMENTO maligno, vicioso, só pensava em matar quem ele via.
DIETA ALIMENTAR ninguém sabe; já que suas vítimas viravam pedras ou cinzas, e ele destruía toda a vegetação de seu hábitat, não devia sobrar nada comestível por perto; talvez comesse areia do deserto.

HABILIDADES
1. Capacidade de fazer qualquer criatura incendiar-se e virar cinzas.
2. Petrificação pelo olhar; dizem que também fedia tanto que só o seu cheiro era capaz de matar pássaros e fazê-los caírem do céu.
3. Segregava um veneno potente: se fosse espetado por um guerreiro com sua lança, o veneno seguia pela arma até matar o humano e seu animal.
4. Boatos sugerem que suas cinzas podiam transformar prata em ouro.

PEDAÇO DE PELE DA CABEÇA

o cerco a uma cidade que era defendida por um basilisco nas muralhas. Armando seus soldados com espelhos, Alexandre fez com que a criatura se autodestruísse e conquistou a cidade.

Esta amostra é certamente parte da pele da cabeça de um basilisco, ao mostrar o desenho da coroa que o marcava como Rei das Serpentes. Encontrada em ruínas do que foi um templo no deserto egípcio, a amostra – que tem séculos de idade – estava bem preservada pelo calor e pela areia.

Há relatos de que cascas de basiliscos mortos por heróis, nos tempos da Grécia Antiga, eram penduradas em templos de Apolo ou Diana, pois repeliam as aranhas. O basilisco não rastejava como as cobras, e sim avançava com a cabeça erguida. Alguns dizem que teria pés de galo, mas essa informação não pode ser corroborada apenas pela pele.

CURIOSIDADES

• O naturalista romano Plínio, o Velho, que viveu no primeiro século da era cristã, descreveu o basilisco em seu livro *Naturalis Historia*. Além dele, outros estudiosos, como Galeno, Avicena e Leonardo da Vinci, falaram sobre a existência desse animal.

• Os basiliscos são citados também na Bíblia, no livro de Isaías e nos Salmos.

• Em alguns bestiários medievais (listas de bestas ou feras), o basilisco é confundido com outro monstro, o Cocatrice (*Basiliscus europeanus*). Como este tinha aspecto de galo e se dizia que o basilisco era filhote de um galo, pode ser que fossem primos. Um fato a apoiar essa hipótese é a crença de que o Cocatrice também tinha o poder de petrificar os inimigos com o olhar. Devia ser uma característica de família!

Roma, dezembro deste ano.

Além de escurecer cedo, faz muito frio na Itália nesta época do ano. O mês começou chuvoso, o que aumentou o meu desânimo. Achei que minha convivência com o George tinha azedado de vez, pois mal nos falávamos. E ainda senti saudades cada vez mais doídas de quem eu gosto, o que inclui a minha tia e até o doutor Y. Por falar neles, os dois novamente me abandonaram com o estagiário. Ao que parece, foram ao encontro de um contato local.

Não consegui uma única pista do destino deles e ainda tive que aturar o George dizendo que estamos em Roma para enganar o tal inimigo, W, sobre a verdadeira localização da coleta da próxima amonstragem. Não fiquei sabendo nem qual foi a amostra anterior!

Antes de nos largarem no hotel, a tia X e o doutor Y guardaram no cofre do hotel a maleta com as amostras encontradas até agora.

– Esse cuidado comprova que o Projeto Amonstragem é de suma importância para a comunidade científica e, principalmente, para o mundo – argumentou o estagiário só para me irritar.

Droga, eu sei que é importante! Pode não ser para mim, que acho tudo uma grande bobagem, mas é para a tia X e o doutor Y, então respeito isso. E só por eles – não por causa do George! – eu parei de postar nas redes sociais qualquer informação sobre a viagem.

Passei minha primeira semana em Roma no quarto do hotel, após receber mais um vídeo da minha mãe. Na gravação, antecipadamente ela e o meu pai me desejaram um Feliz Natal e próspero Ano-Novo! Ambos vestidos com trajes de Papai Noel, como todo ano fazem para comemorar a data desde que eu nasci. Ao fundo, aparece uma árvore natalina toda enfeitada.

A mensagem é curtinha, cheia de beijos enviados e a promessa de que vamos nos ver em casa nos primeiros dias do novo ano. Até aí, nada incomum. O problema é que, no finalzinho do vídeo, começou a ventar, revelando que a tal árvore não passava de uma imagem impressa em papel. Sem que os meus pais percebessem, uma das laterais foi dobrada pelo vento. De relance, pude ver o que havia por trás, ao longe: um veículo que parecia ser um tanque de guerra! Juro que voltei a gravação várias vezes, pausei a imagem, analisei tudo... E fiquei na mesma.

Preocupada, mandei uma mensagem de texto para a tia X contando sobre o tanque de guerra. Adivinha o que ela respondeu?

72

Que estava tudo bem e que eu não devia me preocupar. Que raiva!

Comecei a adoecer ali. Surgiu um resfriado, depois complicou para gripe e, em pouco tempo, a febre e a exaustão me dominaram. Eu me lembro da médica que o George chamou para me examinar, mas não me lembro de permitir que ele me assumisse como sua paciente.

Em seu papel de babá fiel e indispensável, o garoto mediu a minha febre várias vezes, ministrou todos os remédios nas horas certas e ainda me obrigou a beber bastante água e a comer só alimentos saudáveis, principalmente quando eu não tinha fome nenhuma.

Sei que, em algum momento, acordei bem-disposta e o vi cochilando, sentado numa cadeira ao lado da minha cama. George tinha olheiras profundas, roupas amassadas e cabelos despenteados, o que comprometia uma aparência que ele sempre desejava impecável.

De leve, bati duas vezes na sua mão para despertá-lo.

– Vá dormir no seu quarto – falei.

O garoto abriu os olhos sonolentos, demorando a focá-los em mim.

– Estou bem, de verdade – garanti.

Mas ele só aceitou a sugestão após verificar minha temperatura.

– Nenhum sinal de febre – constatou. E, após se levantar, dirigiu-se até a porta.

– George?

O garoto parou antes de abri-la. Preocupado, virou-se na minha direção.

– Algum problema? – perguntou.

– Não. É que... eu queria saber uma coisa.

* 73 *

– Qual?

– Você me ajudou a estudar, cuida de mim até quando estou doente... Tudo isso é só para agradar a minha tia e o doutor Y?

George pareceu chocado com a minha conclusão.

– É o que pensa de mim? – lamentou. – Que faço tudo por interesse?

– Você fica bajulando os dois e eu pensei...

– Trato o melhor possível a professora doutora X e o doutor Y porque eu os admiro profundamente! Por acaso a senhorita tem noção do quanto eles são importantes para a Ciência? O trabalho deles me inspira e me fez superar a...

As palavras restantes foram engolidas. O garoto respirou fundo antes de prosseguir:

– Demorei a aceitar essa minha função de babá, mas finalmente entendi que somos uma equipe. E um companheiro jamais abandona o outro.

Confesso que me emocionei. Ele era a primeira pessoa a me enxergar como alguém da equipe e só por isso eu lhe seria sempre grata.

– Estou te devendo muito – acabei por admitir. – Daí pensei em...

– Não é preciso retribuir.

– Nem te convidando para passear comigo?

– A senhorita ainda não está totalmente recuperada.

– E quando eu estiver?

Ele baixou a cabeça, demonstrando que, no fundo, era bem tímido.

– Aceito seu convite – disse, num fio de voz. – Também é a primeira vez que venho a Roma.

    Como se o clima conspirasse a nosso favor, a semana seguinte veio ensolarada e, embora com dias frios, muito agradável. Essa mudança melhorou o meu ânimo e também se refletiu no garoto, inspirando-o para conversas mais variadas. Descobri que gostamos dos mesmos filmes, séries, músicas e livros, que ele é fã de vôlei como eu e que temos pontos de vista semelhantes sobre a vida e as pessoas.

    Roma é incrível! Visitamos lugares lindos, fomos ao Vaticano, encontramos ruínas e monumentos do mundo antigo sobrevivendo em meio à modernidade. Fizemos até alguns passeios a lugares próximos à cidade, eu aceitando as sugestões de George e ele aceitando as minhas.

    Quando recebi por e-mail as notas das atividades extras, todas ótimas, impedindo que eu fosse reprovada, comemoramos com *risotto* e *panna cotta*.

    Brigamos quando um hóspede do hotel, um garoto inglês da minha idade e muito charmoso, quis flertar comigo. E brigamos de novo na tarde em que uma adolescente italiana, bonitinha, até, tentou fazer o mesmo com o George. No fim, chegamos a um acordo: como companheiros de equipe, vamos nos manter focados somente no Projeto Amonstragem.

    O trabalho dele, no momento, é cuidar de mim. Já o meu... será convencer a tia X a me dar uma tarefa na próxima expedição. Isso se eu não voltar para casa nos próximos dias.

Beijos ansiosos da Maju

PS: Passamos o Natal e o Ano-Novo com a tia X e o doutor Y. Sim, eles vieram de surpresa só para ficar com a gente!

HARPIA

MONSTRO DO AR

As harpias eram criaturas com cabeça e torso de mulher, garras de aves de rapina e asas de grande envergadura. Parecem ter surgido na Trácia Oriental, porém mais tarde mudaram-se para as ilhas Estrófades, no mar Jônio. Eram chamadas de "raptoras", pois se acreditava que raptavam crianças para comer. Sua voracidade era insaciável; estavam sempre com fome. Eram sujas, fedorentas e repugnantes.

Às vezes eram denominadas de "cães do grande Zeus", por obedecerem a esse deus. Ele as mandou atormentar o rei Fineu, da Trácia; em sua casa, devoravam toda a comida da mesa. O que não podiam roubar, sujavam com seus excrementos. Deixaram o pobre rei morto de fome. Também sequestravam almas para o deus Hades, levando-as à terra das sombras.

Matar uma harpia era impossível. Por serem criaturas mágicas de Zeus, o maior de todos os deuses, nenhuma arma as alcançava ou penetrava.

O destino, no entanto, decretou quem seria capaz de matá-las: os dois Boréades, filhos do vento Bóreas, que também podiam voar. Quando o herói Jasão, comandante dos Argonautas, mandou que eles as seguissem, as bonitinhas se refugiaram nas ilhas Estrófades. Os filhos de Bóreas não as mataram, a um pedido da deusa Íris, pois trabalhavam para Zeus. Desde então, as harpias se fixaram nas ilhas e parece que não saíram mais de lá.

São conhecidas três harpias, filhas de Taumas e da oceânide Electra: Aelo, a Tempestade; Ocípete, a Veloz; e Celeno, a Obscura. Eis a ficha das simpáticas mocinhas:

GÊNERO *Harpeia*
ESPÉCIE *thracius*
NOME CIENTÍFICO *Harpeia thracius nojentis*
ALTURA entre 0,50 e 1 metro; no cinema, foram retratadas como tendo o tamanho de seres humanos ou ainda maiores Envergadura das asas: pelo menos de 2 a 3 metros
PESO variável, pois dependia do peso da refeição; apesar de comerem sem parar, supõe-se que não tinham problemas de obesidade

TEMPERAMENTO furiosas, nojentas, temperamentais.
DIETA ALIMENTAR seres humanos, de preferência, crianças; mas comiam qualquer alimento; tinham o hábito asqueroso de cobrir as sobras de comida com seus excrementos.

HABILIDADES

1. Voavam tão rapidamente quanto qualquer ave de rapina, o que lhes permitia raptar criancinhas (e os pais delas, se possível).
2. Invulneráveis a todas as armas humanas.
3. Também conseguiam prender com suas garras afiadas as almas ou sombras dos homens.

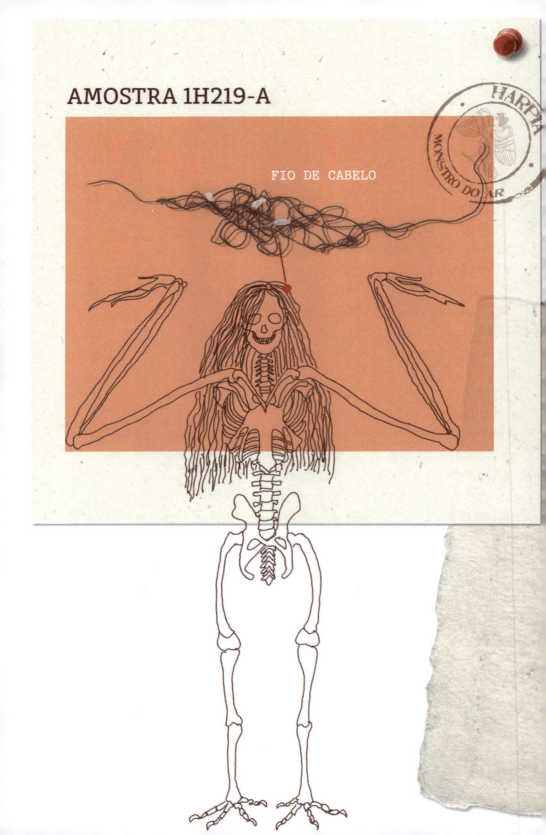

Esta amostra foi encontrada entre os galhos de uma grande árvore morta, numa das ilhas Estrófades, no mar Jônio, próxima à costa da cidade de Katakolo, na Grécia. Os galhos mostravam marcas de seis diferentes garras, como se três imensas aves de rapina tivessem passado muito tempo ali empoleiradas. O lugar sempre foi considerado mal-assombrado. Dizem que lá, à noite, ouvem-se guinchos estridentes e horrendos. Não se pode confirmar se são as harpias ou seus fantasmas, mas o fedor local é, provavelmente, o pior cheiro jamais encontrado neste planeta.

CURIOSIDADES

• A primeira obra que cita as harpias é a *Teogonia*, do poeta grego Hesíodo, que viveu pelo século VIII a.C. Mas ele devia ser míope ou estar resfriado, porque não menciona seu cheiro e diz que as harpias tinham belos e longos cabelos.

• Conta-se que as harpias namoraram o vento Zéfiro (uma delas, ou todas? Ninguém explica) e que de sua união com ele nasceram... cavalos! Dois desses cavalos foram até montados pelo herói Aquiles, que lutou na Guerra de Troia.

• As harpias também aparecem no Inferno, a primeira parte da famosa obra *A Divina Comédia*, de Dante. Esse poeta italiano conta que as simpáticas mulheres aladas, em tempos mais recentes, arrumaram emprego de torturadoras: seu trabalho é atormentar as almas dos suicidas, no Sétimo Círculo do Inferno.

Alberta, janeiro deste ano.

Eu nunca, nunca, NUNCA senti tanto frio na minha vida! Quando a tia X me contou que iríamos para o Canadá, fiquei toda feliz. Estaria mais perto do Brasil e num país lindo, organizado e culturalmente diversificado, né? Bom... o Canadá é tudo isso. Só que também é FRIO!

Desta vez, a tia X e o doutor Y me mostraram a amostragem que haviam conseguido numa ilha do Mediterrâneo: um fio de cabelo comprido, que eles dizem ser de uma harpia, e eu imagino que pode ser de qualquer pessoa. Bem, eu estava alegre, pois pensava que do Canadá iria para casa. Mas no aeroporto veio um novo vídeo dos meus pais, todo escuro, como se estivessem dentro de um armário!

Eu quase não enxergava os dois. Mesmo assim, ouvi a voz inconfundível da minha mãe:

– Maju, vamos trabalhar fora mais uns meses. Continue estudando a distância, tudo bem?

E só! Embarquei emburrada e dormi a viagem inteira. Ainda bem que eu tinha as coisas legais que aconteceram na Itália para lembrar, porque foi outra decepção ao aterrissarmos em Montreal; era só uma escala, pois ainda voaríamos até um tal Aeroporto de Calgary. E lá, foi só a gente sair do avião, que senti o ar gelado. Eu tiritava de frio ao passarmos pela imigração e pegarmos as malas.

No desembarque, o doutor Y encontrou o contato que ia nos levar a Alberta: uma mulher que se cobria com uma manta rústica. George, para variar, ficou bobo quando a viu.

– Ela é cree – explicou –, uma nação algonquina.

Era uma descendente de povos nativos. Segundo o Gê (posso achar que ele não é tão insuportável, mas agora arrumei um apelido para ele! Que, claro, o coitado detesta!), esse é um povo antigo do Canadá e dos Estados Unidos.

A mulher nos levou para uma van no estacionamento e abriu um baú no porta-malas. Deu para cada um de nós uma manta igual à dela, bem quentinha.

Enquanto ela dirigia, cochichava com a tia X. Uma das palavras que pesquei foi *danger*... Ou seja, *perigo*. Tremi, e não foi de frio... Vi o doutor Y pegar a mão da minha tia e apertar (eles estão cada vez disfarçando menos). O George só olhava para fora das janelas da van. Para piorar, o calorzinho da manta quase acabou assim que a estrada começou a subir. Finalmente paramos numa clareira cheia de neve e cercada por árvores altas. Lá havia duas cabanas de troncos.

Eu relutava em descer da van, com saudades da minha terra (a essa altura no Brasil é verão e minhas amigas devem estar na praia, tomando sol). Aí a mulher tornou a abrir o baú. Tirou casacos, gorros e luvas... Quando vi as luvas, quase chorei de alegria! Minhas mãos pareciam pedras de gelo e custaram a esquentar, mesmo com os agasalhos e a manta por cima.

Infelizmente, o Gê começou de novo com explicações chatas.

Disse que aquele era o parque Wood Buffalo e que naquela parte os turistas não entram; as cabanas só servem a pesquisadores. No céu, entre nuvens, avistamos picos, e ele explicou que eram as montanhas Caribou. O infeliz ia discursar mais, se eu não fugisse para a cabana onde minha tia e eu iríamos dormir. Ainda bem que lá havia um fogareiro que esquentava o quarto!

Com o fogão aceso e uns cobertores bem grossos, dormi quentinha. Mas acordei de madrugada com ruídos de arranhões, grunhidos, passos. Não havia nem sinal da tia X na cabana. Ouvi vozes, mais passos, um rugido... Saí de baixo das cobertas e olhei pela janela.

Vi a lua cheia e o mundo todo branco. A vista era maravilhosa, apesar de ser uma beleza terrível! Aí a tia X voltou. Entrou com o olhar preocupado. Disfarçou e sorriu para mim.

— Volte a dormir, Maju. Era só um urso em busca de comida.

Ah, tá! Só isso... E quem é que consegue dormir imaginando ursos rondando a gente?

No dia seguinte, havia sol e nenhum urso. Depois do café, o doutor Y disse:

— Vamos juntos ao ponto que os cree indicaram. Não é seguro ninguém ficar para trás.

Mesmo com frio e com medo, senti calor por dentro. Desta vez, eu iria com eles!

Enveredamos por uma trilha que subia o morro em meio à mata. Íamos em fila indiana por caminhos estreitos, cercados de arbustos secos e troncos de pinheiros. Depois da milésima trilha, fomos parar numa clareira menor. Lá havia uma espécie de acampamento abandonado. Uma tenda velha, restos de uma fogueira. E... essa não! Ossos. De gente!

— Fique aqui, Maju — o Gê ordenou e eu até obedeci, de tão amedrontada que estava.

Os três foram examinar os ossos de perto e eu fiquei na boca da trilha. Num dos lados havia uma pedra grande, onde achei que poderia me sentar. Assim que andei até lá, tropecei em outra pedra, do tamanho de uma bola de futebol... Ops! Não era uma pedra. Era um crânio humano!

Entrei em pânico, soltei um berro estridente e saí correndo desembestada. Nem percebi que, em vez de correr na direção deles, eu corria para longe! E só parei quando minha mente racional retomou o controle. Segurei o medo, respirei fundo o ar gélido. Precisava voltar!

Mas como? Eu tinha ido parar num emaranhado de arbustos e árvores tão denso que não conseguia nem enxergar a trilha por onde tinha vindo... Não se ouvia um único som. Aí, dei um passo e gelei. Se é que dava para gelar mais naquela floresta que já parecia um *freezer*!

Estava na beira de um precipício. Uma ribanceira rochosa descia à minha frente e dava num vale, que ostentava arbustos meio verdes entre as manchas de neve. Se eu não tivesse parado ali...

O pior é que, no vale, uma pessoa se mexia. Não, não uma pessoa. Sério, era um monstro! Uma criatura mais alta que um homem, magro feito esqueleto, cabelos compridos, unhas longas, chifres de cervo. O rosto parecia com o rosto dos zumbis dos seriados de TV.

Eu tinha que fotografar aquilo! Peguei depressa o celular no bolso do casacão. Arranquei a luva e cliquei. Uma vez, duas, três vezes. O problema foi que, na terceira clicada, ele ouviu o som do celular e me olhou.

Foi uma sensação terrível! Fiquei hipnotizada, enregelada, sem conseguir parar de fitar a criatura. De repente, uma coisa voou por cima de mim e caiu no vale, entre os arbustos. Uma pedra!

O monstro tirou os olhos de mim para olhar onde a pedra tinha caído. Na mesma hora, despertei e ouvi a voz do George, bem atrás de mim.

— Maju, vem, depressa!

Com ele me guiando, voamos de volta à clareira. O doutor Y guardava algo numa caixa e a tia X correu para me abraçar. Ela tremia, mas não disse nada. Desandamos a correr os quatro de volta às cabanas, onde a senhora cree já tinha estacionado a van e carregava as nossas bagagens.

Só quando nos vimos longe de Wood Buffalo foi que tive voz para perguntar:

— O que era aquela coisa, tia?

Foi o doutor Y que respondeu:

— Era um *wendigo*. Se o George não o tivesse distraído, você seria o almoço dele... Mas está a salvo, agora. E encontramos a unha de um deles entre os restos mortais no acampamento.

    Senti um baque no estômago. O Gê me salvou de um monstro antropófago!
    E aí veio o segundo baque. Monstros existem. Monstros são reais! O que a gente diz numa hora dessas?

    Beijos perplexos da Maju

    PS: O pior é que, quando chegamos ao hotel em Alberta e me livrei das roupas fedorentas, ouvi um *plim* do meu celular se conectando ao wi-fi. E percebi que, no meio da fuga, apertei sem querer a função "enviar" do celular. Nãããooo!!! As fotos do *wendigo* foram parar nas redes sociais!

WENDIGO

O *wendigo* é um monstro antropófago humanoide que assombra as matas geladas do Canadá. Quem andar sozinho por aquelas regiões sinistras – e tiver a sensação de que algo terrível se aproxima – pode deparar-se com um *wendigo* e ser devorado por ele.

São seres esqueléticos, muito altos, mais ou menos podres como os zumbis e outros mortos-vivos; ao contrário desses, porém, não comem só o cérebro, e sim a pessoa inteirinha. Como possuem corações feitos de gelo, não adianta pedir misericórdia a um deles. Gostam de perseguir caçadores e transformá-los em caça, congelando-os até seus corações pararem. Se os caçadores sobreviverem depois de meio devorados, serão transformados em novos *wendigos*. Esses monstros também podem invadir os sonhos dos vivos, sugando suas energias.

As histórias sobre *wendigos*, ou *windigos*, aparecem nos mitos dos povos algonquinos, do Canadá e dos Estados Unidos. Outros povos nativos da região também relatam a existência de canibais parecidos, de coração gelado, em suas mitologias.

É possível matar um *wendigo*? Talvez, mas seria necessário derreter seu coração de gelo. Não é lá muito fácil chegar perto de um deles sem ser mordido por seus dentes afiados, e ainda carregando uma fonte de calor que consiga descongelá-lo...

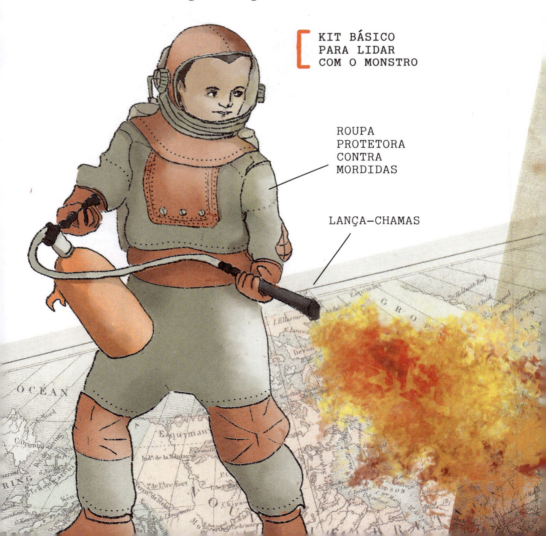

[KIT BÁSICO PARA LIDAR COM O MONSTRO

ROUPA PROTETORA CONTRA MORDIDAS

LANÇA-CHAMAS

GÊNERO Wendigus
ESPÉCIE canadensis
NOME CIENTÍFICO Wendigus canadensis xis
ALTURA sempre mais de 2 metros, podendo atingir até 3 metros
PESO aproximadamente 100 quilos

TEMPERAMENTO sinistro, faminto, tão simpático quanto um zumbi; como o *wendigo* vive em lugares gélidos, as extremidades de seu corpo são congeladas, o que faz com que de vez em quando seus dedos dos pés se quebrem e caiam por aí; isso o deixa ainda mais mal-humorado.

DIETA ALIMENTAR seres humanos, independentemente de idade, tamanho ou etnia; ele é capaz de comer quantas pessoas aparecerem em seu caminho, pois sua fome nunca é saciada; mesmo quando se alimenta muito, não aumenta de tamanho: sempre continuará magro e esquelético.

HABILIDADES
1. Capacidade de congelar o futuro jantar e paralisá-lo de medo; isso é possível porque eles comunicam à vítima o gelo de seu coração.
2. Podem correr atrás da "caça" em grande velocidade, sem jamais se cansarem, característica típica de muitos mortos-vivos.
3. Conseguem entrar nos sonhos dos humanos e manipulá-los.
4. Quando não devoram a vítima inteira, o que sobrou dela também será transformado em um *wendigo* e sairá à cata de alimento.
5. Acredita-se também que são transmorfos, pois conseguem mudar forma.

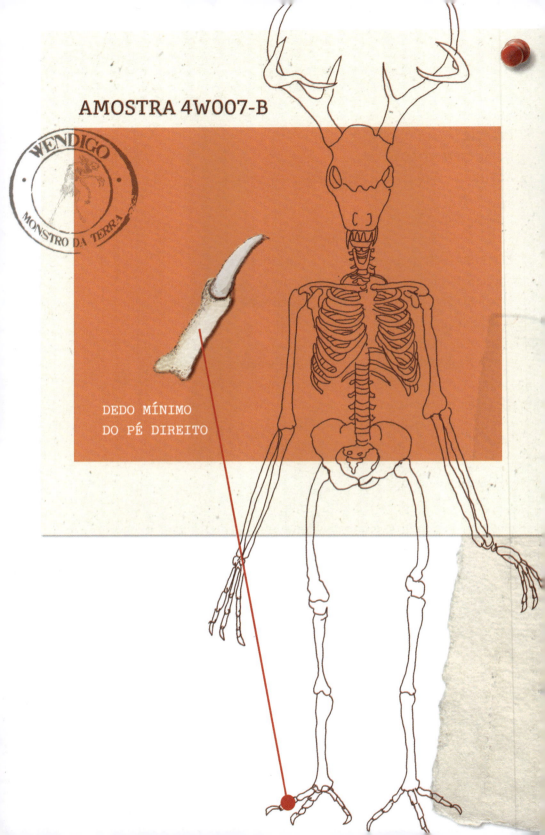

Esta amostra foi recolhida numa floresta sem nome, entre o Parque Nacional Wood Buffalo, no noroeste do Canadá, e as terras selvagens das montanhas Caribou. Não muito longe do local, havia sinais de um acampamento humano abandonado, e próximo dali foram encontrados restos de roupas e vestígios de ossos humanos: A hipótese é de que um *wendigo* encontrou pessoas acampadas lá, caçou-as, devorou-as e, no processo, perdeu um dos dedos congelados de seu pé. O osso em questão é grande, alongado e bem desgastado; não pode ter pertencido a um ser humano.

CURIOSIDADES

• Dizem que, quando não consegue caçar humanos para comer, o *wendigo* começa a comer a si mesmo, por isso sua boca é meio roída, faltando pedaços nos lábios, o que realça ainda mais seus dentes afiados e seu aspecto faminto.
• A obra mais famosa sobre esse monstro é o livro *O wendigo*, escrito pelo inglês Algernon Wood, 1910.
• Os povos indígenas *micmac* e *passamaquoddy*, do Canadá, contam histórias sobre o *chenoo*, uma criatura igualzinha ao *wendigo*; talvez seja um primo distante.
• Outra crença dos povos algonquinos é a de que pessoas forçadas a se alimentar de carne humana depois se transformavam em *wendigos*.

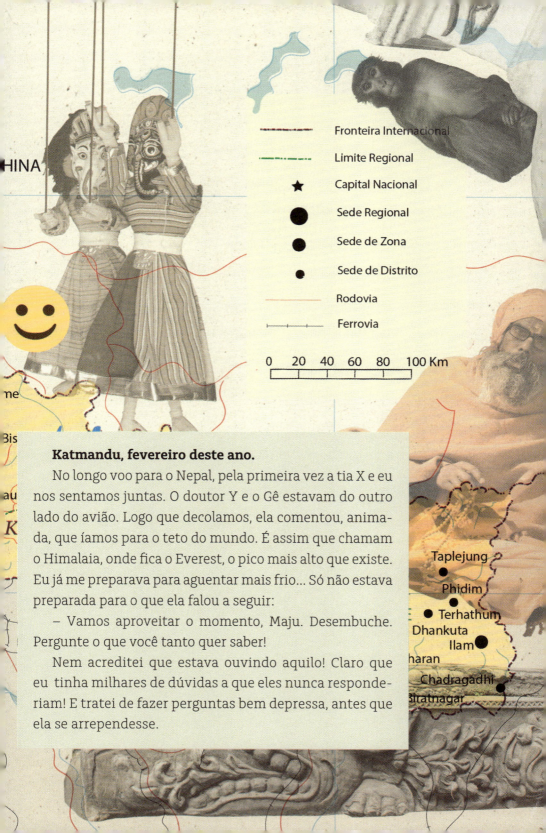

Katmandu, fevereiro deste ano.

No longo voo para o Nepal, pela primeira vez a tia X e eu nos sentamos juntas. O doutor Y e o Gê estavam do outro lado do avião. Logo que decolamos, ela comentou, animada, que íamos para o teto do mundo. É assim que chamam o Himalaia, onde fica o Everest, o pico mais alto que existe. Eu já me preparava para aguentar mais frio... Só não estava preparada para o que ela falou a seguir:

– Vamos aproveitar o momento, Maju. Desembuche. Pergunte o que você tanto quer saber!

Nem acreditei que estava ouvindo aquilo! Claro que eu tinha milhares de dúvidas a que eles nunca responderiam! E tratei de fazer perguntas bem depressa, antes que ela se arrependesse.

– Tia, por que estamos sempre fugindo de um lugar para outro? Quem é o tal de W? O Gê disse que ele deseja desacreditar nossa pesquisa! Por que esse homem quer tanto atrapalhar vocês?

Parei para respirar e, por um segundo, pensei que ela ia inventar uma desculpa esfarrapada e desconversar. Mas ela sorriu quando me ouviu dizer "nossa pesquisa"... e aí falou bem sério:

– Maju, muita gente passou séculos afirmando que monstros nunca existiram, que eram figuras do folclore ou personagens da literatura. E quando vários cientistas, como nós, descobriram que isso não é verdade, tentaram nos calar. Porém, acreditamos que o conhecimento é um direito de todos!

– Os monstros existem... – Eu não pude deixar de dizer. – Vi um *wendigo* no Canadá! Isso quer dizer que os outros, os *tengus*, o Cérbero, eles estão por aí à solta, ameaçando as pessoas?

A tia X sorriu de um jeito meio triste antes de explicar:

– Não. Muitos foram extintos. Somente algumas espécies sobreviveram à destruição causada pelos humanos. E há pessoas como o Winston, digo, o W, que não querem aceitar a verdade. Eles não acreditam, como nós, que a ciência deva ser divulgada e colocada a serviço das pessoas. Tentam tudo para impedir nossas viagens, até cortar nossa verba. Por isso...

Ela parou por aí porque, nessa altura da conversa, um comissário de bordo serviu o jantar. Eu tinha muito em que pensar e mais dúvidas na fila. Então o nome do W é Winston? Por que eles arrumaram um estagiário jovem como o George? Dá mesmo para confiar nele? E as miste-

riosas viagens dos meus pais, têm algo a ver com a pesquisa? Por que eles parecem também estar fugindo?

Infelizmente, não pude perguntar mais nada. Depois do jantar, o doutor Y e a tia X foram andar pelo avião. Cansada, adormeci. Apaguei mesmo!

Acordei com o avião em procedimento de descida e o café sendo servido. Minha tia estava ocupada preenchendo papelada para a imigração e tive que engolir aquela bebida amarga às pressas.

Estávamos em Katmandu, que, para minha surpresa, não é uma cidade tão fria! Desde que chegamos, a temperatura fica em torno dos 16, 18 graus. O problema foi que demoramos um tempão no aeroporto.

A dona Laudelina tinha dito que podíamos tirar vistos de entrada no país ali mesmo... Só que alguma coisa deu errado. As pessoas na imigração olhavam para a gente de um jeito estranho. Todos falavam inglês, sorridentes e gentis, mas nada de liberarem nossos passaportes.

Enquanto o doutor Y conversava com um agente do aeroporto e a tia X preenchia outra pilha de formulários, pedi para ir ao banheiro. Na volta, uma surpresa: ouvi a voz do

George conversando em português com alguém pelo celular, numa salinha ao lado... Claro que me espremi num canto para tentar ouvir.

– Como ele ficou sabendo que estávamos no Canadá? Não, não precisa se preocupar. Vou dar um jeito!

Nessa hora, o doutor Y apareceu e me chamou. Não estava sozinho. Com ele vinha um senhor careca de túnica amarela. Deduzi na hora que era um monge tibetano! Ele entrou na imigração, abraçou a tia X, saudou todos os agentes. E em minutos saímos de lá, com passaportes carimbados e vistos em ordem.

Já no hotel, minha tia explicou que alguém tinha feito uma denúncia anônima contra o nosso grupo, e o monge – mais um aliado deles – ajudou a provar que tudo havia sido um engano.

Naquele mesmo dia, o George veio me perturbar com acusações. Ele sabe como me irritar.

– A senhorita postou mais fotos! Eu não disse que não era para fazer isso?

Eu tinha me esquecido da postagem acidental! Neguei tudo, lógico, mas era só ele entrar nas redes sociais para ver a foto do *wendigo*, com dezenas de visualizações! Mais que depressa escrevi uma mensagem para os amigos e disse que aquela era a gravação de um filme sobre zumbis...

Ficamos num hotel barato no centro de Katmandu. É uma cidade agitada, com ruas comerciais lotadas de gente. Lembra bastante o Brasil, apesar de que, de repente, a gente vira uma esquina e dá com um templo hindu imenso, como o de Pashupatinath, um dos lugares turísticos que visitei.

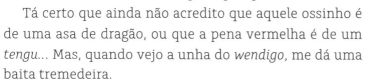

Nos primeiros dias, enquanto o doutor Y saía para planejar a nova expedição – iriam para um local próximo ao acampamento-base do Everest –, fiquei no hotel e ajudei a tia X a embalar as amonstragens. Ela até me deu uma cópia da chave da maleta… e vi tudo de perto pela primeira vez!

Tá certo que ainda não acredito que aquele ossinho é de uma asa de dragão, ou que a pena vermelha é de um *tengu*… Mas, quando vejo a unha do *wendigo*, me dá uma baita tremedeira.

Numa tarde em que estávamos no meu quarto e tínhamos acabado de trancar a maleta, bateram à porta. Ficamos cismadas; ninguém na cidade me conhece nem vem me procurar! A tia X disse que ia pôr a maleta num lugar seguro e foi para o quarto dela, conectado ao meu por uma porta lateral. Só então abri, fazendo cara de sono e bocejando. Era um funcionário do hotel. Num inglês básico, disse que precisava trocar uma lâmpada queimada. Entrou, observou todos os cantinhos, depois trocou a lâmpada do abajur – que não tinha problema nenhum – e saiu. Muito suspeito!

Não deu meia hora da visita misteriosa e a tia X me ligou, avisando que ela e o doutor Y tinham de viajar naquela mesma hora para o tal acampamento-base, e que eu deveria ficar no hotel, pois a expedição poderia ser perigosa. Eu quis reclamar, pedir para ir junto… Ela nem me ouviu.

No outro dia, no café da manhã, o monge tibetano apareceu no hotel. Sempre sorridente.

– Para acompanhar senhorita. – E aquela devia ser a única frase que ele falava em português.

O monge foi a minha babá nos passeios que deu para fazer. Além do Templo Pashupatinath, fomos à cidade velha, passeamos no que eles chamam de vale de Katmandu e na praça Darbar, que na verdade é um labirinto formado por várias praças, fontes, becos. Lindo! Entramos em templos hindus e budistas, passeamos pelo complexo dos antigos palácios reais, chamados Hanuman Dhoka. Fiquei impressionada com uma estátua do Hanuman – um deus-macaco que faz parte de vários mitos da Índia. Fiquei imaginando: será que era desse macaco que a tia X procurava uma amostra?

Não, não era. Horas mais tarde, minha tia mandou mensagem de voz avisando que voltariam na manhã seguinte com a nova amonstragem, a de um monstro chamado *yeti*. Uma coisa me deixou com a pulga atrás da orelha. No fim da mensagem, ela dizia:

— Espero que você e o George tenham se divertido fazendo turismo!

Como assim, eu e o George? O garoto não estava com eles na expedição? Eu só havia passeado com o monge... Mandei mensagem de volta comentando o fato – e não tive resposta.

Em vez disso, recebi um telefonema da dona Laudelina.

— Tudo bem, Maju? Por favor, avise a sua tia que as passagens de vocês três já estão marcadas. Fiz o *check-in* eletrônico e enviei os cartões de embarque virtuais para o seu celular. Amanhã, por volta de meio-dia e meia, vocês embarcam para Oslo. Era só isso. Boa viagem!

Ela desligou antes que eu pudesse perguntar por que eram três passagens e não quatro...

Na manhã seguinte, X e Y chegaram, exaustos. Na correria de arrumar malas, não me contaram praticamente nada sobre a aventura. Quando perguntei do George, o doutor Y só respondeu:

– Ah, ele ficou de providenciar a própria passagem. Já deve estar nos esperando na Noruega.

Não é estranho ele sumir desse jeito? E por que a minha tia não estava sabendo? Nessa hora, percebi que ela parecia bem preocupada. Também está com a pulga atrás da orelha...

Beijos desconfiados da Maju

PS: Antes de deixarmos o Nepal, tentei várias vezes me comunicar com meus pais. Nada... Meu coração está apertado de medo por eles. E não consigo parar de pensar: onde se meteu o Gê?

YETI

Nada de pegadas maiores do que as pegadas dos ursos, como aquelas que são vistas por alpinistas desde o século XX, no Himalaia, ou de histórias contadas pelos moradores do Nepal há séculos. Finalmente comprovou-se a existência do *yeti*, o monstro peludo que caminha sobre duas pernas e prefere se manter distante da espécie humana.

Também chamado de "Abominável Homem das Neves", o *yeti* já teve uma família grande, que se espalhava tanto pelas regiões inacessíveis da Ásia quanto pelas Montanhas Rochosas e florestas geladas na América do Norte (com exceção de algumas regiões do Canadá, onde seria obrigado a conviver com seu detestável parente muito distante, o *wendigo*).

Perseguidos por caçadores implacáveis, apesar de também terem um parentesco conosco, o monstro e sua família sumiram de vista há algumas décadas. Até hoje seu destino é (ou era...) desconhecido.

O *yeti* é conhecido por vários nomes: *shookpa, migo, kang-mi, meti, sasquatch* e *bigfoot* (ou Pé-Grande).

[**KIT DE SOBREVIVÊNCIA DOS YETIS**

MAPA DE LOCAIS INACESSÍVEIS

MALAS COM SEUS POUCOS PERTENCES

O melhor lugar: o mais distante

GÊNERO *Homo*
ESPÉCIE *magnupedes*
NOME CIENTÍFICO *Homo magnupedes pilosus*
ALTURA cerca de 3 metros
PESO 150 quilos (não é tão pesado como se imagina, pois seu corpo tem mais pelos do que qualquer outra coisa)

TEMPERAMENTO muito tímido e antissocial; pode ter crises de estresse se provocado.
DIETA ALIMENTAR não é de comer muito, mas, quando se alimenta, é capaz de devorar um urso inteiro; depois, vai dormir em sua caverna por semanas até completar a digestão.

HABILIDADES
1. Força descomunal.
2. Agilidade, apesar do andar bamboleante.
3. Saltos precisos sobre fendas no gelo, graças ao tamanho exagerado de seus pés.

AMOSTRA 3B221-A

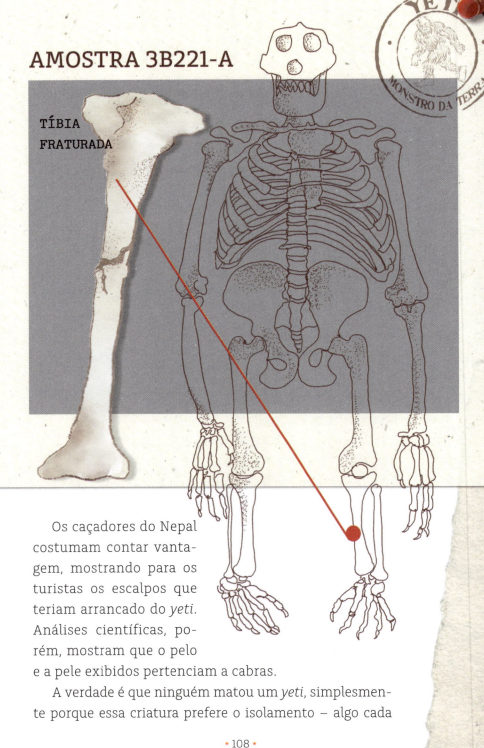

TÍBIA
FRATURADA

Os caçadores do Nepal costumam contar vantagem, mostrando para os turistas os escalpos que teriam arrancado do *yeti*. Análises científicas, porém, mostram que o pelo e a pele exibidos pertenciam a cabras.

A verdade é que ninguém matou um *yeti*, simplesmente porque essa criatura prefere o isolamento – algo cada vez mais complicado diante de uma população mundial que não para de crescer.

Este é um pedaço de osso que a equipe descobriu, juntamente com outros ossos e um punhado de dentes, no caminho do Himalaia, bem distante do acampamento-base dos alpinistas que vão encarar a subida ao Everest. Após dias e dias de escavações, foi encontrado numa fenda, metros abaixo da superfície. Acredita-se que o *yeti*, numa de suas andanças solitárias, tenha escorregado na neve e caído nessa fenda. Com a perna esquerda quebrada, impossibilitado de sair dali e sem ninguém para ajudá-lo, acabou morrendo de frio. Uma história muito triste...

CURIOSIDADES

• Segundo uma teoria, os *yetis* seriam descendentes de um macaco gigantesco e pré-histórico, chamado *Gigantopithecos*. Após cientistas examinarem os dentes desses animais, encontrados por um cientista holandês na década de 1930, na Ásia, foi descartada qualquer semelhança entre eles e outros dentes obtidos no Himalaia.

• Há relatos entre os aldeões nepaleses de que, por volta de 1957, um *yeti* teria matado cinco pessoas a pauladas. Os corpos das vítimas, no entanto, nunca foram encontrados.

NA NORUEGA

Ilhas Lofoten, março deste ano.
George estava mesmo esperando pela gente. Com uma cara insone e olheiras muito fundas, ele se juntou a nós assim que deixamos a área de desembarque no Aeroporto de Leknes. Parecia ter passado a noite ali, à nossa espera. Nem eu nem a tia X tivemos pena dele. Se tem uma coisa que nós duas detestamos é gente mentirosa!

O garoto pediu desculpas, alegou uma emergência familiar, e, como a minha tia lhe lançasse um olhar que parecia perfurar a alma dele em busca da verdade, o doutor Y resolveu socorrê-lo.

— Emergências acontecem, não é mesmo? – disse, compreensivo. E tratou de nos distrair com algum assunto científico.

Tínhamos acabado de chegar a um arquipélago tão ao norte da Noruega que fica no Círculo Polar Ártico! O mais legal é que, para quem esperava *icebergs* e gelo para todo lado, fui deliciosamente surpreendida com belas paisagens – fiordes profundos, montanhas negras e imponentes, muita vegetação nativa preservada e praias de água cristalina e areia branquinha.

E nem faz tanto frio quanto calculei. Pelo que li numa rápida pesquisa pela internet, o clima mais ameno nesta ponta do planeta – em comparação ao Alasca, por exemplo – acontece graças às águas aquecidas da corrente do Golfo. Não sei exatamente como isso funciona, mas só tenho a agradecer a tal corrente por deixar este final de inverno tão suportável!

O arquipélago de Lofoten é formado por quatro ilhas importantes e várias outras menores. Claro que a equipe do Projeto Amonstragem iria para a mais distante e desabitada de todas... Assim que descobri isso, ainda no aeroporto, teimei que faria parte dessa nova expedição, de um jeito ou de outro! Espiei o George com toda a minha indignação e afirmei:

— Vou com vocês! Não aguento mais ser largada em hotéis com babás que podem sumir a qualquer momento!

O garoto só baixou a cabeça, envergonhado.

Enquanto aguardávamos o contato local, minha tia quis confirmar se o meu desejo era esse mesmo. Ela disse que, se eu fosse com eles, perderia a chance de conhecer um museu *viking*, fazer algum cruzeiro pelos fiordes, experimentar uma gastronomia com muitos pratos à base de peixe e ainda participar de caminhadas e passeios para avistar animais selvagens – como as lontras e, quem sabe, alguma baleia que aparecesse fora do verão.

Confirmei minha decisão e, quando o contato chegou, não fui despachada com o estagiário para nenhum destino diferente. Acho que, no fundo, a tia X ficou orgulhosa de mim!

Após muitas horas de carro por estradas e pontes, depois de barco e também a pé, chegamos todos juntos a uma cabana de pescador, uma *rorbuer*. Havia montanhas às nossas costas, mar à nossa frente e a rusticidade esperada de um lugar tão selvagem.

A *rorbuer* tinha uma sala e uma cozinha apertadas, porém o quarto era espaçoso e foi transformado em dois por uma divisória de madeira: um lado para as mulheres e o outro para os homens. O contato, um sujeito discreto e barbudo, foi embora bem cedo no dia seguinte.

Durante quase um mês, trabalhamos numa área previamente demarcada para escavação, a menos de um quilômetro da cabana – aproveitei para aprender bastante e ainda ajudei em várias tarefas! Aqui, os dias de inverno são muito, mas muito curtos mesmo. Acredita que a noite começa no início da tarde e vai até o final da manhã seguinte? Pois é! Esse pinguinho de sol que surge por tão pouco tempo é o único momento em que não precisamos utilizar iluminação artificial. E ele ainda revela a beleza deslumbrante do cenário ao nosso redor...

O que andava estranho era o clima entre a tia X e o doutor Y, como se uma tensão invisível estivesse prestes a arrebentar. As buscas pela nova amonstragem – um dente de *troll*! – não avançavam como ambos queriam. Até que, numa manhã em que o George preparava o café na cozinha da cabana, enfim a minha tia explodiu:

– Por quanto tempo mais você e a dona Laudelina vão continuar me enganando? – ela disparou contra o doutor Y. – Acha que eu não sei quem é esse menino?

O menino em questão era, obviamente, o estagiário. De costas para nós, que ocupávamos a mesa, e de frente para a pia, ele permaneceu observando a cafeteira em funcionamento.

– Eu também não sabia de nada até que surgiu a emergência familiar do George e a dona Laudelina pediu a minha ajuda – explicou o doutor Y. – Se ela garante que podemos confiar no garoto, é o que devemos fazer.

— E se ele nos trair? — retrucou a tia X, nervosa. — E, pior, se já estiver nos traindo? Todo o nosso projeto pode estar comprometido!

— E quem o George é de verdade? — perguntei.

O garoto não aguentou mais a situação. Pegou seu grosso casaco de lã, vestiu, pôs o gorro e saiu da cabana. Não sei por que, mas também me agasalhei e, com uma lanterna, fui atrás dele. Acho que, se eu tinha que obter respostas, preferia ouvir do próprio George.

Lá fora, quase perdi o fôlego. Na manhã ainda escura, estávamos sob as luzes esverdeadas de uma estonteante aurora boreal, tão comum nas ilhas nesta época do ano. Parei por instantes fitando o céu, boquiaberta, maravilhada.

"Tenho que falar com o Gê", alertou um pensamento meu. Respirei fundo, acendi a lanterna e o avistei vários metros à minha frente, andando apressadamente na penumbra e ainda correndo o risco de levar um tombo e quebrar algum osso!

Acelerei o passo. De repente, o garoto interrompeu a caminhada. Tinha surgido à sua frente algo... alguém... absurdamente imenso!

Sem pensar, corri até os dois. O garoto não se mexia, aterrorizado. Já o grandalhão acabava de erguer os braços enormes... para esmagá-lo!

Rápida, mirei a luz da lanterna nos olhos da criatura, que se revelou horrorosa e peluda! Ela recuou, intimidada, e eu só tive tempo de agarrar o Gê pelo pulso e puxá-lo para uma corrida insana por nossas vidas!

Se voltássemos, também colocaríamos em risco a minha tia e o doutor Y. Forte como parecia ser, a criatura derrubaria uma simples cabana de madeira em segundos...

No desespero, acabamos na área de escavação, onde me lembrei do esconderijo perfeito: uma fenda entre duas sólidas rochas aos pés de uma das colinas. O espaço era suficiente para nós, porém pequeno demais para o monstro. Ali no fundo, ele não teria como nos alcançar.

Foi o que fizemos. Impedida de entrar, a criatura descontou sua frustração esmurrando as rochas. Depois tentou arrastá-las, mas, como não conseguiu, ficou xingando a gente em língua de monstro. Agachados e espremidos um contra o outro, George e eu tremíamos de medo.

– Quando o sol estiver para surgir, o *troll* vai embora – ele garantiu.

– É mesmo um *troll*? – eu me assustei ainda mais.

– A aparência corresponde às descrições que obtivemos.

Como não dava para usar internet naquela ilha, George tirou do bolso do casaco o rádio para comunicação, chamou o doutor Y e o colocou a par da situação, acrescentando que estávamos seguros e que ninguém deveria deixar a cabana por enquanto.

116

– Vamos buscar vocês assim que possível – prometeu o doutor Y, numa voz bastante preocupada.

Comunicação encerrada e novos resmungos lá fora. O *troll* não pretendia desistir tão facilmente da possível refeição.

– Senhorita Maju... – disse o garoto. – Aquele instante de terror imobilizou-me e, se não fosse a senhorita, eu...

Lembrei de uma coisa que ele havia me dito:

– Somos uma equipe, e um companheiro jamais abandona o outro! Agradeça me contando tudo o que você está escondendo da minha tia.

Ele me encarou, de olhos arregalados. Ainda tínhamos pela frente umas três horas até o sol aparecer, e não seria eu a desperdiçar aquela chance de descobrir a verdade.

Beijos valentes da Maju

PS: O *troll* estava tão faminto que dava para escutar seu estômago roncando...

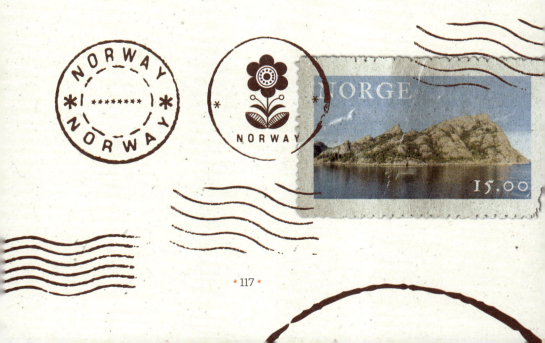

TROLL

Os *trolls* são monstros muito antigos, que aparecem em lendas e narrativas mitológicas. Consta que surgiram na Escandinávia. Há diferentes descrições desses seres nas tradições da Dinamarca, da Noruega e da Islândia. Além das diferenças regionais, parece haver três tipos de *trolls*: os dos rios, os das cavernas e os das montanhas. Os das montanhas podem ser os mais comuns, ou talvez sejam os que mais vítimas fizeram entre os humanos.

Os *trolls* são enormes, antropófagos, brutos, com braços grossos, peludos, tremendamente feios, narigudos e orelhudos. Acredita-se que sejam um tanto estúpidos e que não enxerguem bem, apesar de terem excelente faro e audição. Sempre foram monstros noturnos, uma vez que a menor exposição aos raios solares seria capaz de transformá-los em pedra.

Há quem chame os *trolls* de trasgos. Não se deve confundi-los nem com os gigantes, nem com os ogros. Em caso de dúvida, ao encontrar um *troll*, consulte a ficha ao lado.

[KIT BÁSICO
PARA LIDAR
COM O MONSTRO

SOL NASCENTE

LIVRO DE HISTÓRIAS PARA DISTRAIR O *TROLL*

CAVALEIRO COM LANÇA, ESCUDO E ARMADURA

GÊNERO *Vorax*
ESPÉCIE *scandianis*
NOME CIENTÍFICO *Vorax scandianis trollatus*
ALTURA de 3 metros a... qualquer altura muito, muito alta!
LARGURA meio-termo entre um guarda-roupa e um caminhão
PESO antes do almoço, um *troll* médio pesaria no mínimo uma tonelada; depois do almoço, é difícil dizer

TEMPERAMENTO *trolls* são mal-humorados, agressivos e sanguinários; gostam de matar e de esmagar; porém, são bem lentos e possuem uma estupidez proporcional ao seu tamanho.
DIETA ALIMENTAR qualquer coisa viva: animais ou seres humanos, crus, assados ou em mingau – o mingau é mais provável, pois suas armas seriam porretes ou maças, com as quais esmagariam as vítimas.

HABILIDADES
1. Porte imenso, com braços e pernas enormes.
2. Faro muito bom e audição excepcional para compensar a fraca visão.
3. Algumas lendas dizem que podiam mudar de forma e ficar invisíveis.
4. Podem se transformar em pedra ao entrar em contato com a luz do sol; não conseguem mudar de volta e ficam assim para sempre.

AMOSTRA 5T772-B

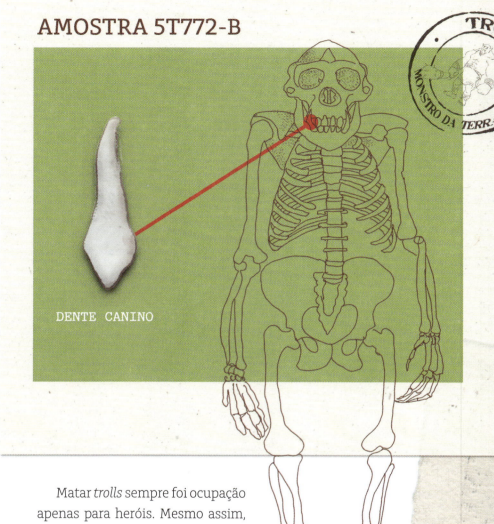

DENTE CANINO

Matar *trolls* sempre foi ocupação apenas para heróis. Mesmo assim, não se tem notícias de muitos que tenham tido sucesso. Como sempre se confundiu *trolls* com ogros, pode ser que os heróis que se gabaram de fazê-lo tenham, na verdade, matado ogros. De qualquer forma, para isso seriam necessárias armas formidáveis – os *trolls* têm peles grossas demais para serem furadas por espadas ou lanças comuns. A melhor arma contra eles seria mesmo a luz do sol: deve-se distrair um *troll* – e evitar virar mingau – até a manhã nascer e ele se tornar pedra.

Este dente de *troll* foi encontrado junto de troncos de árvores muito antigas, numa das várias ilhas desabitadas no arquipélago de Lofoten, no norte da Noruega. A amostra, em estado de perfeita conservação, estava encravada em um pedaço de osso (tudo indica ser um fragmento de fêmur humano), bem próxima de uma estranha pedra de dois metros e meio de altura por dois metros de largura, de aspecto humanoide.

A hipótese dos cientistas é a de que o *troll* montanhês estava sentado junto de uma árvore, terminando sua refeição – uma deliciosa perna de gente – e não percebeu o passar do tempo. Foi apanhado pelo sol nascente, transformando-se no bloco de pedra. Com o susto, teria derrubado o lanche, perdendo um canino cravado no osso que roía.

CURIOSIDADES

• É dito que os *trolls* da Dinamarca eram sociáveis e viviam em comunidades ocultas sob o solo, onde reuniam objetos valiosos. As fêmeas chegavam a parecer humanas. Esses *trolls* eram tão antropófagos e traiçoeiros quanto seus primos noruegueses.

• O nome *troll* pode vir de *jötun*, palavra que designaria as raças de gigantes dos mitos nórdicos; há quem diga que os *trolls* descendem dessa raça, inimiga dos deuses do Asgard.

• Na região da Noruega chamada Trold-Tindterne, há formações de pedra que se acredita terem sido dois exércitos de *trolls*, transformados pela luz do sol enquanto guerreavam.

NO CAZAQUISTÃO

Nursultan, abril deste ano.

O Gê falou bastante naquele dia. Mas foi só durante o nosso voo para o Cazaquistão, quando pude pensar com calma na nossa conversa, é que cheguei à conclusão de que, se existem meias verdades e verdades inteiras, aquela história não era uma coisa nem outra. Ela soava igual a algo quase completo, como se o garoto ainda escondesse algum detalhe importante.

– Eu tinha sete anos quando uma sereia salvou a minha vida – ele me contou. – Fazíamos um passeio de iate pelo mar Mediterrâneo, o tempo virou de repente, naufragamos, meus pais se salvaram e eu... Resumindo: a sereia deixou-me na praia e, antes de me encontrarem, desapareceu.

– Tem certeza de que era uma sereia? – eu duvidara. – Pelo que sei sobre mitologia, as sereias gostam de afogar as pessoas e não de salvá-las.

– Não consta que afogassem crianças. Sim, tenho certeza, mas ninguém acreditou em mim.

– E você surtou?

– Sim. Meus pais tiveram que me tirar da escola, passei a estudar com tutores em casa e tudo foi piorando. Por minha causa, meus pais só brigavam e acabaram se divorciando.

– Não foi culpa sua. Nem sempre um casamento dá certo.

– Os dois não se entendem de modo algum! Entrei para o Projeto Amonstragem com o apoio da minha mãe, mas meu pai nem desconfia que estou aqui. Precisei deixar o Nepal às pressas e pegar um voo para casa, pois ele ligou para a minha mãe avisando que ia me buscar para visitarmos meus avós no Ceará. Para não prejudicar a senhorita, a dona Laudelina pediu ajuda ao doutor Y, que solicitou ao monge que me substituísse e...

– Era com a sua mãe que você estava conversando pelo celular no Aeroporto de Katmandu?

– Era. A senhorita ouviu a nossa conversa?

– Ouvi você dizendo que ia dar um jeito...

– Sim, um jeito de voltar a tempo ao Brasil para que o meu pai não desconfiasse de nada.

* 126 *

— E por que ele não quer que você seja nosso estagiário?

George hesitou por segundos antes de responder:

— Bem... Ele diz que, se eu continuar insistindo no que chama de teorias absurdas, vai me internar numa clínica psiquiátrica.

— Será que ele chegaria a esse ponto?

— Sim, chegaria. Entende agora por que as descobertas do nosso projeto são tão importantes para mim? No ano passado, minha mãe conheceu a dona Laudelina, que me apresentou às pesquisas da professora doutora X e do doutor Y. Saber que não sou o único a acreditar na existência de monstros... Isso mudou a minha vida!

Ele detalhou seu árduo preparo para enfrentar o dificílimo teste de admissão como estagiário do Projeto Amonstragem, citou a nota máxima que conquistara, a reprovação por só ter dezesseis anos e nem ser universitário ainda, o pedido pessoal da dona Laudelina para que a tia X e o doutor Y o aceitassem... Como a nossa secretária é a mente brilhante por trás do funcionamento do projeto e sem ela nada do que vivemos até agora seria viável, George recebeu a oportunidade que desejava!

Naquela manhã escura conversamos tanto que nem reparamos na fuga do *troll* para evitar os raios solares.

Temendo que ele pudesse retornar, a tia X e o doutor Y chamaram mais colaboradores para acelerar o trabalho; tanto a segurança quanto a iluminação receberam reforços e, no último dia de março, o tão procurado dente de *troll* acabou na nossa maleta de amonstragens.

Agora chegou a vez da nova etapa do projeto, no Cazaquistão. Continuo sem notícias dos meus pais, o que me preocupa bastante, e minha caixa postal está atolada de lições e tarefas atrasadas. George já prometeu que vai me ajudar com os estudos, o que me tranquiliza um pouco.

Não tivemos problemas para entrar no país pela moderna e planejada capital Nursultan, conhecida por seus prédios de arquitetura arrojada. Tudo corria bem até o instante em que, ainda no aeroporto, tive que ir ao banheiro. O Gê aproveitou e foi para o banheiro ao lado, o masculino. Já a tia X e o doutor Y ficaram numa cafeteria, à espera do contato local.

Quando fui lavar as mãos, uma mulher se aproximou de mim. Senti a picada de uma injeção no meu pescoço, o mundo girou e eu tombei em cima dela, perdendo a consciência.

Acordei mais tarde em um luxuoso quarto de hotel, sentada numa poltrona com os pulsos e os tornozelos amarrados com cordas. Primeiro achei que estava sonhando, que aquela situação era clichê e ridícula demais para ser realidade. Só que não era.

O homem de uns quarenta anos, o mesmo que perguntara por nós ao recepcionista, no Cairo, apareceu à minha frente. Atrás dele, estavam a mulher que me atacara no banheiro e um sujeito com cara de capanga, ambos de terno e gravata. Ao imaginar que eles poderiam estar armados, engoli em seco. E, pior: reconheci o capanga como o falso funcionário do nosso hotel no Nepal, aquele que invadira o meu quarto para supostamente trocar uma lâmpada queimada...

– Sou o professor doutor Winston G. Mellroy II – o quarentão se apresentou para mim.

Winston... A tia X tinha falado esse nome.

– O senhor é o professor W, nosso arqui-inimigo! – Meu raciocínio lento pelo sedativo finalmente somou um mais um.

– Arqui-inimigo?! – Ele adorou a definição. – Sim, é como você deve me enxergar. Afinal, sou o pior adversário da sua tia desde os nossos cinco anos de idade. Ela e aquelas teorias absurdas sobre monstros que...

– Monstros existem! Eu vi um *wendigo* e um *troll*.

– Ah, crianças têm tanta imaginação... Mas a X sempre leva tudo tão a sério! Quando ela conheceu aquele tolo do Y e o convenceu a trabalharem juntos, toda essa bobagem começou a vir à tona. Criaram um projeto estúpido que envolve não sei quantos outros imbecis pelo mundo e...

– Todos esses cientistas estão certos! O senhor é que não quer enxergar!

O professor W caiu na gargalhada. Ele estava se revelando um arqui-inimigo de desenho animado, isso sim!

– X e eu sempre estivemos em lados opostos: no colégio, na faculdade, na pós-graduação e agora como

* 129 *

colegas na mesma universidade – disse, ao recuperar o tom sério. – Curiosamente, é você, menina, quem me trará a vitória definitiva!

– Eu?!

– Se quiser recuperar a amada sobrinha, sua tia terá de me entregar aquelas supostas amonstragens para que eu possa queimar todas elas, uma por uma!

Então era esse o plano, me usar para destruir todo o trabalho da tia X, do doutor Y, do Gê e da nossa rede internacional de colaboradores! Lágrimas brotaram dos meus olhos. Que raiva!

Ele pegou seu celular e, seguido pela mulher, foi ao quarto anexo, onde ela fechou a porta. Como ia ligar para a minha tia, não desejava que eu interferisse na conversa.

Tão logo se viu sozinho comigo, o capanga tirou um canivete do bolso e veio na minha direção. Quase gritei por socorro; mudei de ideia quando ele cortou as minhas cordas. Espantada, fiquei sem ação, sem sair do lugar, obrigando-o a me guiar até a porta principal, a que dava para o corredor do hotel. Era lá fora que o George me esperava.

– Obrigado, Rogério – ele agradeceu ao capanga.

– Eu é que agradeço ao senhor pela chance de ser demitido. Estou mesmo precisando do dinheiro da rescisão...

– Enviarei a você um pagamento extra.

Pasma tanto com um quanto com o outro, não consegui dizer nada. O garoto segurou a minha mão e juntos atravessamos o corredor, descemos escadas e, nos fundos do hotel, entramos num táxi à nossa espera. O motorista partiu imediatamente, na maior pressa.

— Melhor a senhorita mandar uma mensagem para a professora doutora X avisando que enganou o Rogério e fugiu sozinha – disse George. – É a versão que ele contará ao professor W.

— Mas eu não fugi sozinha!

— Por favor, senhorita. Entenda, não posso arriscar mais do que já estou arriscando!

Entender eu não entendi, mas aceitei. Como o W nem se preocupou em se apossar do meu celular, ele continuava no bolso da minha calça. Num gesto automático, mandei a mensagem.

Beijos assustados da Maju

PS: Voltamos ao aeroporto, onde um dos voluntários do Projeto Amonstragem nos esperava com as nossas bagagens. A prioridade agora, como ele nos informou em inglês, era a minha segurança.

GRIFO

GRIFO — MONSTRO DO AR

Grifos são criaturas híbridas, tendo corpo de leão combinado com cabeça, garras e asas de águia. Sua origem seria a Cítia, região entre a Europa e a Ásia, onde se encontram as fronteiras entre os atuais Cazaquistão, Rússia, China e Mongólia. Tais criaturas podem ser ainda mais antigas: já existiam esculturas de leões alados na Babilônia, Assíria, Pérsia e no Egito. Como o leão era considerado o rei dos animais terrestres e a águia, a mais poderosa das aves, acreditava-se que os grifos seriam seres poderosíssimos e nobres, guardiões de tesouros. Também se diz que havia grifos na Índia, vivendo em altíssimas montanhas.

Apesar de serem considerados tão nobres e poderosos, os grifos foram caçados durante séculos, pois diziam que seus ovos e suas garras possuíam poderes especiais.

Muitos caçadores se meteram a caçar grifos, aventurando-se nas altas montanhas em que as fêmeas punham os ovos. As armadilhas para capturá-los seriam grandes buracos, cobertos por palha entrelaçada, sobre a qual se deixava um atraente pedaço de carne. Colocavam ainda varas em pé, feito tochas, em que ateavam fogo para queimar as penas das asas dos grifos que viessem comer a carne; com seu peso, os animais caíam nos buracos – e lá dentro havia lâminas afiadas, ou tridentes, para matá-los na queda.

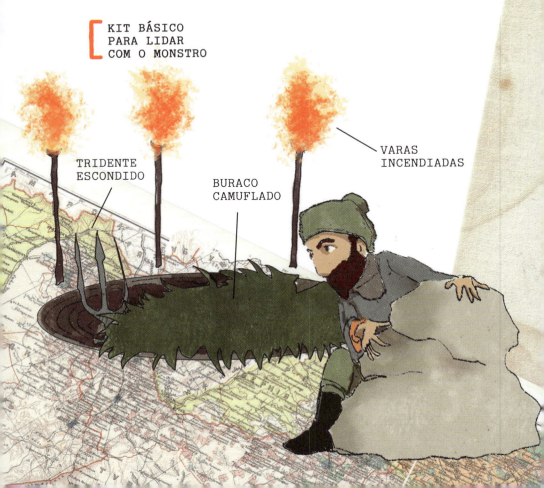

[KIT BÁSICO PARA LIDAR COM O MONSTRO

TRIDENTE ESCONDIDO

BURACO CAMUFLADO

VARAS INCENDIADAS

GÊNERO *Gryphon*
ESPÉCIE *scythian*
NOME CIENTÍFICO *Gryphon scythian nobilis*
TAMANHO um grifo jovem seria bem maior que um leão adulto; há descrições desses seres com o tamanho equivalente ao de oito leões
ENVERGADURA DAS ASAS 3 a 4 metros
PESO se um leão pesa 200 quilos, um grifo teria, pelo menos, de duas a oito vezes esse peso

TEMPERAMENTO orgulhoso e altivo.
DIETA ALIMENTAR em geral, carne de pequenos animais, que caçam ao voar por longas distâncias. Também gostam bastante de salmão.

HABILIDADES
1. Os grifos contam com uma audição perfeita.
2. Possuem também olhos de águia, ou até melhores do que os das águias, o que lhes permite detectar a caça voando a grandes alturas.
3. Força extraordinária que vem de sua metade leão; isso torna os grifos capazes de, com uma única patada, acabar com qualquer ser humano que tente caçá-los.
4. Os grifos são imunes a todos os venenos segregados por animais.

AMOSTRA 1G002-A

GRIFO
MONSTRO DO AR

CASCA DE OVO
DE GRIFO

NINHO
DE GRIFO

Esta amostra é parte da casca de um ovo de grifo encontrada pela equipe de pesquisadores numa cova. Essa cova fica no alto de uma montanha na região norte do atual Cazaquistão, não muito longe da fronteira com a Rússia, a noroeste de Qostanay.

Consta que as fêmeas dos grifos punham poucos ovos e os escondiam em locais inacessíveis aos inimigos. Além de não gostarem nem um pouco de encontrar seres humanos, os grifos detestavam cavalos e não eram amigos dos dragões.

CURIOSIDADES

• Heródoto, um historiador grego do século V a.C., diz, em seu livro *Histórias*, que os grifos tinham por maiores inimigos os *arimastos* – seres de um olho só que viviam na Cítia e roubavam o ouro presente nos tesouros guardados pelos grifos.

• Uma das famosas aventuras do conquistador Alexandre, o Grande, teria sido tentar voar sendo levado por quatro grifos, que alçaram voo atiçados por pedaços de carne presos a varas que não podiam alcançar.

• Conta-se que o rei Roberto II, da França, que reinou no século XI, possuía um preciosíssimo ovo de grifo, que guardava em um relicário de prata.

NA ISLÂNDIA

Reykjavik, maio deste ano.

Eu ainda me sentia perplexa com tudo o que havia acontecido. Estava encolhida e agarrada à minha mala, no Aeroporto de Nursultan, quando veio uma mensagem de voz da dona Laudelina.

— Fiquem tranquilos, todos estão avisados. A professora e o doutor seguiram para Qostanay em busca da nova amonstragem. Quanto ao pa... digo, o professor W, vamos dar um jeito de despistá-lo. Acabo de mandar novos cartões de embarque para vocês dois. Boa viagem!

ICELAND

Raufarhofn

aisfjordhur

Husavik

Akureyri

OCEANO
ÁRTICO

OCEANO
ATLÂNTICO

OCEANO
PACÍFICO

OCEANO
PACÍFICO

OCEANO
ÍNDICO

Jokulsa a Fjöllu

Jokulsa a Bru

Vatnajokull

Skalfa

dalvisl

Capital Nacional

Cidade

Rodovia

SEM ESCALA

Arregalei os olhos ao ver os documentos no meu celular. Íamos para... a Alemanha?! O Gê parecia tão espantado quanto eu. Até que um funcionário de uma empresa aérea se aproximou de nós e falou com ele. Em alemão. Eram boas notícias, pois o garoto sorriu e respondeu:

– *Ja. Wir sind die brasilianischen Schachspieler.*

Dã? Sem saber do que falavam, segui os dois até o balcão da companhia, onde ganhamos enormes crachás para pendurar ao pescoço. No meu, constava meu nome e nosso destino, Frankfurt.

Nós nos despedidos do voluntário que ainda nos acompanhava e fomos ao portão de embarque, pois o voo sairia em minutos. E o Gê explicou, afinal:

– Imagine só! A dona Laudelina nos inscreveu como campeões brasileiros num campeonato internacional de xadrez juvenil. Por isso temos crachás de menores que viajam desacompanhados.

– Mas, Gê – protestei –, eu não sei jogar xadrez direito!

Ele só riu. Em Frankfurt, um comissário de bordo nos levou até uma senhora. Ela segurava um cartaz que dizia "Campeonato de Xadrez" e, assim que nos viu, desandou a falar em português.

– Bem-vindos! Confirmei ao doutor Y que vocês desembarcaram em segurança. Conforme o esperado, o professor W deve descobrir isso e vir à Alemanha. Quando chegar, vocês estarão longe!

Sem parar de falar, a mulher nos levou a um restaurante do aeroporto e pediu um almoço imenso para nós. Depois, ela nos entregou novos cartões de embarque e um *voucher* de hotel.

Resultado: nem conhecemos Frankfurt. Embarcamos de lá diretamente para a Islândia!

Chegamos a Reykjavik à noite. Como não havia ninguém nos esperando, George sugeriu:

— Melhor pegarmos um táxi até o hotel. Ainda bem que é primavera... Nesta época do ano, há luz solar das cinco da manhã às dez da noite. Poderemos preparar tudo para a chegada da equipe!

Mal entrei no meu quarto e a tia X me ligou, bastante preocupada e ansiosa para conferir se estava mesmo tudo bem. Ela e o doutor Y tinham se desesperado ao perceber nosso sumiço. E a situação piorou no instante em que ela recebeu o telefonema do professor W... Se não fosse pela mensagem que o George me fez enviar para tranquilizá-la, minha tia acabaria cedendo à chantagem.

— Eu jamais poderia perder você, Maju — ela afirmou, toda emocionada.

Choramos juntas, eu num canto do mundo e ela em outro.

Também foi difícil para a dona Laudelina convencê-la a nos deixar ir na frente, sozinhos.

– Eu não queria me separar de você... – funguei.

– Mas foi o melhor a se fazer. Minha vontade é pegar o primeiro avião até aí, mas não posso. O trabalho aqui promete ser demorado...

E foi mesmo. Abril terminou e só no final de maio é que eles acharam a amostra no Cazaquistão – o pedaço da casca de ovo de um grifo.

Aqui, em Reykjavik, aproveitamos bem os dias e, além de o Gê me ajudar com as lições, pesquisamos passeios de barco para algumas ilhas próximas. Como a etapa islandesa do Projeto Amonstragem prevê encontrar uma ilha específica, já estávamos adiantando o que podíamos para ajudar. Quanto ao arqui-inimigo... Pareceu que a gente tinha enganado o professor W. Sem notícias daquele sem noção, estávamos felizes e confiantes.

Na véspera da chegada da tia X e do doutor Y, descobri uma câmera fotográfica com a lente trincada que, nem sei por que, viera na minha mala. Pela cara que o George fez, tive certeza de que se tratava de algum item de suma importância para o nosso projeto.

– Vou comprar outra – ele resolveu.

– Eu compro! – decidi, sentindo-me responsável pelo problema.

Na loja, na hora de pagar pela mercadoria, eu me apavorei com o preço. Nem se eu juntasse durante anos a minha mesada conseguiria aquele valor! Já ia perguntar se aceitavam parcelar em inúmeras vezes quando o Gê sacou um dos seus cartões e pagou tudo... de uma vez só! Sim,

ele tem vários cartões, todos internacionais, apesar de ser menor de idade!

– Confesse, você é rico! – intimei.

O garoto tentou desconversar, mas eu insisti até que ele revelou, bastante constrangido, que sua mãe administra um grupo de empresas ligadas à tecnologia de ponta e que a família do pai vem do agronegócio, com fazendas espalhadas pela América Latina. Mesmo impressionada, minha mente não se deixou abalar e foi logo juntando peças.

– Aposto como a sua mãe ajuda financeiramente o Projeto Amonstragem – deduzi.

– Não, ela não pode, porque o meu pai descobriria, mas eu...

Ele corou e quis disfarçar, emendando a frase incompleta com um assunto qualquer. Só que eu, que não sou tonta, já tinha pescado a revelação.

– É você quem dá essa ajuda! – concluí. – Quantos equipamentos você já comprou? E a minha tia nem desconfia, né?

Sem saída, ele teve que admitir.

– Senhorita Maju, por favor... Não conte nada. Nem para ela, nem para ninguém.

– Por quê? A tia X ficaria feliz em saber que...

– Porque preciso conquistar meu espaço por mim mesmo, pela minha competência, e não pelo dinheiro que recebo da minha família.

Vendo o Gê tão amuado assim, não tive escolha a não ser guardar segredo. Aliás, ninguém deveria ser obrigado a viver mentindo só por acreditar nos próprios sonhos.

Quando a minha tia e o doutor Y finalmente chegaram, fomos recebê-los na recepção do hotel. Ao ver que ela mais uma vez tratou o garoto com indiferença, morri de pena dele. E entendi uma coisa: o que antes eu enxergava como pura bajulação nada mais é do que a necessidade do Gê em ser aceito, de verdade, na equipe.

— Tia, seu estagiário merece um voto de confiança — eu o defendi.

Ele se encolheu diante do olhar perspicaz que a tia X lhe lançou, o doutor Y não percebeu nada – como sempre! – e eu abri o meu melhor sorriso.

— Você está certa, Maju — ela concordou. — Mas antes vou conversar com a dona Laudelina e entender essa história direitinho.

"Que história?", pensei, mas nem tive tempo de perguntar. O doutor Y queria resolver logo algum assunto na rua, a tia X ia com ele e, na pressa, ganhei uma responsabilidade imensa. Após me entregar a maleta com as amonstragens, ela me pediu para que eu a guardasse no cofre do hotel.

O Gê levou a bagagem deles para os seus respectivos quartos e eu fiquei ali, esperando a minha vez de ser atendida pela recepcionista. Distraída, deixei a maleta aos meus pés.

Foi nesse instante que alguém trombou em mim, perdi o equilíbrio, quase caí e, quando me dei conta... a maleta havia sumido!

Consegui ver uma mulher apressada deixando o hotel, carregando-a num abraço apertado...

Antes mesmo de sair correndo atrás dela, eu a reconheci. Era a capanga do professor W, a mesma que tinha me dopado no banheiro do aeroporto.

Na rua, ela se pôs a correr, e eu a persegui-la! Não podia perder aquela maleta de jeito nenhum! Se caíssem nas mãos do nosso arqui-inimigo, as amonstragens seriam destruídas... Toda a comprovação da existência de monstros terminaria perdida, eliminada para sempre!

Continuei correndo, entrei em ruas que desconhecia e, numa avenida movimentada, um carro freou em cima de mim no meio do trânsito. Tive que parar naquele ponto, com outros veículos me fechando a passagem. Adiante, a capanga sumiu de vista.

Beijos desesperados da Maju

PS: O que eu faço agora?

KRAKEN

Estreito da Dinamarca

Há vários relatos sobre esta criatura que prefere viver nos mares gelados do norte, mas, de vez em quando, tira umas férias e vai atrás de águas mais aquecidas no Caribe e no Oriente Médio. Discreto ao extremo, o *kraken* aproveita sua coluna vertebral ondulada (e os tentáculos flutuantes que lembram algas) e se disfarça de ilha para passar despercebido pelos navegantes. Dessa forma, consegue fazer o que mais gosta: dormir sem ser perturbado.

    Ele pode ser alguém muito educado, também. Dizem que um bispo, uma vez, confundiu-o com um rochedo e, em cima de seu dorso, ergueu um altar para realizar uma missa. Pois o coitado do *kraken*, muito paciente e em silêncio, não se importou de esperar até o final da cerimônia e a retirada do altar. Então, calmamente, mergulhou e foi embora.

INGLATERRA

Há relatos sobre heróis que venceram monstros marinhos, alguns inclusive que dizem ter levado a melhor contra o maior de todos, o *kraken*. Não foi confirmado, porém, ter sido essa a espécie realmente derrotada por eles.

Como argumento, aponta-se a aversão do *kraken* por brigas. Para evitar contato com os navegantes, muitas vezes ele passa décadas vivendo no fundo dos oceanos. Além disso, quando vem à superfície, prefere passar pouco tempo no mesmo lugar, justamente para não chamar a atenção. Prova disso é o registro feito pelo mesmo bispo, Pontoppidan, sobre as "ilhas flutuantes" que apareciam e desapareciam sem qualquer explicação nos mares do norte. A melhor maneira de lidar com um *kraken* é deixá-lo dormir em paz.

Para tirar um *kraken* do sério, só mesmo navegantes grosseiros que resolvem atrapalhar seu sono. Aí ele acorda mal-humorado e reage da pior maneira possível. Pelos dados do monstro, você pode imaginar os estragos que ele pode provocar...

[**KIT BÁSICO PARA LIDAR COM O MONSTRO**

MÚSICA DE NINAR NO CELULAR PARA EMERGÊNCIAS

CHINELOS MACIOS E SILENCIOSOS

RADAR ANTIKRAKEN

GÊNERO *Polypous*
ESPÉCIE *krakensis*
NOME CIENTÍFICO *Polypous krakensis flatulentus*
TAMANHO seu dorso tem 2,5 quilômetros de comprimento, medida sugerida pelo bispo norueguês Erik Pontoppidan, no século XVIII, e confirmada pela Ciência; no entanto, não foi possível medir os tentáculos
PESO não foi possível calcular até o momento

TEMPERAMENTO reservado, tranquilo e dorminhoco; colérico e vingativo, se provocado.
DIETA ALIMENTAR preferência por alimentos leves e de fácil digestão (como peixes e algas marinhas), para não interferir em seu sono.

HABILIDADES

1. Corpo hidrodinâmico, veloz e flexível até nas mais complicadas manobras submarinas.
2. Tentáculos com ventosas altamente aderentes.
3. Força capaz de esmagar o maior dos transatlânticos e arrastá-lo para o fundo do mar.

O *kraken* possui uma habilidade letal. Enquanto dorme, como acontece também com os humanos, ele solta gases – uma função do organismo, aliás, bastante natural. Se entre os humanos o cheiro desses gases pode ser horrível, então você pode calcular o quanto é avassalador quando liberado por uma criatura tão gigantesca...

Por sorte, isso acontece apenas uma vez a cada século. Para azar da equipe do Amonstragem, aconteceu no momento em que se realizava a análise do espécime adormecido, disfarçado de ilha flutuante junto da capital da Islândia. Um imenso PUM! Ainda bem que, prevenida, a equipe usava máscaras e cilindros de oxigênio.

Após soltar esse gás (que foi armazenado na amostra apresentada na página ao lado), o *kraken* despertou e, ainda sonolento, não deu atenção à equipe. Decidiu apenas ir embora, possivelmente atrás de um lugar mais solitário para continuar dormindo.

CURIOSIDADES

• Um *kraken* pode dormir tanto em seu disfarce de ilha, que, segundo algumas testemunhas, nascem e crescem árvores, arbustos e até mato em seu dorso.
• Ele é citado em um famoso poema do poeta inglês Alfred Tennyson, do século XIX:

Sob as turbulentas águas superficiais;
Longe, muito longe, no oceano abissal,
No seu sono antigo, sem sonhos, imperturbável,
O kraken *dorme...*

Guarujá, junho deste ano.
Aquele foi um dos piores dias da minha vida. Voltei chorando ao hotel e fui direto para o quarto do Gê. Nem cheguei a bater à porta. Ele a abria naquele instante, terrivelmente pálido, o celular na mão. Estava saindo para me procurar.

– Nossas amostras... serão queimadas... – murmurou, ao me ver.

Ele já sabia do roubo da maleta?! Tão rápido? Mas como?

Sequei as lágrimas com as costas das mãos e, sem que o garoto tentasse me impedir, me apoderei do seu celular. Ele acabara de ler uma mensagem, recebida um minuto antes.

"Estou na nossa casa de veraneio, em Guarujá", dizia o texto. "Avise sua mãe que você passará o final de semana comigo. Faremos uma bela fogueira com supostas 'amonstragens', recolhidas por um bando de idiotas pelo mundo. Finalmente libertarei você da crença absurda de que monstros existem!"

Trêmulo, o George não conseguia me encarar. Na tela, aparecia apenas a palavra "pai".

— Você é filho do professor W — declarei o óbvio. — Por isso a minha tia perdeu a confiança em você e ainda quer tirar essa história a limpo com a dona Laudelina, que sempre soube de tudo!

— E-eu...

— Se você é um Mellroy, por que nos seus cartões de embarque sempre li "George Souza"?

— É o sobrenome da minha mãe. Meu nome completo é George Souza Mellroy.

— E, como é a dona Laudelina quem cuida de toda a documentação, ninguém viu o sobrenome do seu pai...

— Isso não importa, agora! — E, sem que o garoto pudesse impedir, lágrimas brotaram dos seus olhos. — Essa perseguição estúpida do meu pai contra a professora doutora X... é por minha causa! Porque ele quer de todo jeito provar que monstros não existem!

— Acho que você é só uma desculpa que ele arranjou. Os dois são rivais desde os cinco anos de idade, esqueceu?

George meneou a cabeça. Continuaria se culpando tanto quanto eu me culpava por ter perdido a maleta.

— Se o professor W espera por você no final de semana para queimar as amonstragens... — raciocinei — isso significa que elas estarão em segurança até lá. Ou seja, nós podemos recuperá-las!

O garoto, enfim, controlou o choro e ergueu os olhos para mim.

— Nós podemos o quê?

— Recuperar as amonstragens antes que a tia X descubra que sumiram.

— Senhorita Maju, entenda uma questão primordial: meu pai jamais deve descobrir que integro o Projeto Amonstragem! Se ele sequer desconfiar...

— Eu sei. Você será internado numa clínica psiquiátrica.

— O que faremos agora é procurar a professora doutora X e...

— Não mesmo! Minha tia nunca vai saber, pois eu vou recuperar aquela maleta e você vai me ajudar!

Eu o conduzi para dentro do quarto, já elaborando um plano mirabolante. O Gê bufou, teimou, sentiu-se ainda mais culpado pelas novas mentiras que diria à tia X e, ao final, concordou comigo. Depois, ligamos para a dona Laudelina, que apoiou a nossa iniciativa e prometeu cuidar das nossas passagens antecipadas. Sim, nós dois voltaríamos o mais depressa possível ao Brasil.

— Podemos contar também com o Rogério — lembrou o garoto.

— Aquele capanga que me ajudou a fugir do seu pai? Ele ainda não foi demitido?

— Meu pai o perdoou pela falha, mesmo ele não querendo ser perdoado... O Rogério é um bom sujeito, sabe. No dia em que aquela moça capturou a senhorita, ela a pôs numa cadeira de rodas e a cobriu com um chapéu e uma manta para que ninguém a reconhecesse. Mas quando saí do banheiro masculino e a mulher passou por mim empurrando a tal cadeira, reconheci a mão esquerda da senhorita, que pendia para fora...

Pisquei, aturdida. Ele me reconhecera pela mão esquerda?

— Então segui as duas até o hotel, liguei para o Rogério e combinamos tudo.

— Você presta bastante atenção em mim.

— É que... ahn... – ele corou até não se aguentar mais. – A senhorita tem mãos bonitas.

"Só as minhas mãos são bonitas?", tive vontade de perguntar, mas aí quem ficaria sem graça seria eu!

Três dias mais tarde, após vários preparativos, regressamos ao Brasil com a desculpa de que eu passaria um tempo com a dona Laudelina e o Gê iria para a casa da mãe dele. A tia X e o doutor Y não desconfiaram de nada, nem mesmo quando a secretária avisou que, por segurança, levaríamos para ela a maleta com as amonstragens (do contrário, eles descobririam seu sumiço!).

No primeiro sábado de junho, estávamos a caminho de Guarujá, no litoral paulista, mais especificamente da praia

da Enseada. É lá que fica uma das casas de veraneio da família Mellroy, pertinho do mar e diante de uma paisagem linda.

Quem nos buscou no Aeroporto de Guarulhos foi o Rogério, que adorou a nova oportunidade de causar a própria demissão. Embora, para todos os efeitos, ele tivesse ido apenas buscar o Gê...

– Não aguento mais fazer serviço de capanga! – ele confessou para nós.

Formado em Odontologia havia dois anos, o coitado precisava de dinheiro para alugar uma salinha, terminar de pagar os equipamentos e realizar o sonho de ter o próprio consultório.

– Desta vez dará tudo certo! – eu o incentivei.

Dominado pelo nervosismo, o Gê não dizia nada. Para o final de semana, levava apenas uma mochila com algumas roupas, que tirara de sua mala. O restante fora despachado do aeroporto junto com a minha bagagem para o apartamento de uma amiga de dona Laudelina, em São Vicente, cidade em que vamos procurar pela última amostra.

– E se o meu pai já souber que sou estagiário do projeto? – o garoto se torturava. – E se aquela capanga me viu na Islândia e contou para ele?

– Ah, não se preocupe! – garantiu Rogério. – A Ritinha me prometeu que não vai falar nada.

O que seria de nós sem a ajuda daquele futuro ex-capanga e promissor dentista? E enquanto eu vestia um uniforme das empregadas dos Mellroy, trazido por ele, o Gê pareceu menos agitado após ouvi-lo.

A poucos quarteirões da casa de veraneio – que é uma mansão! –, o Rogério parou o carro e pude me esconder no porta-malas, junto com uma mochila que continha nossas "armas secretas".

Fui toda torta, bem desconfortável, mas valeu a pena! Passamos sem problemas pelo segurança no portão; mais adiante o Gê desembarcou para entrar em casa e o Rogério seguiu até a garagem, onde pude sair sem que ninguém mais me visse. Com as explicações dele e do garoto, eu sabia direitinho por onde andar pela mansão.

Levando as "armas secretas", entrei pela lavanderia, evitando a cozinha movimentada com a proximidade do jantar, atravessei corredores e subi um lance de escadas, sempre me esgueirando. Meu destino era a biblioteca, onde ficava o cofre. O Gê acreditava que o pai dele guardara lá a maleta com as amonstragens.

Com o coração acelerado e suando muito, cheguei ao local. Por sorte, estava vazio. Como o garoto me explicara, o cofre ficava atrás de um quadro da famosa pintora Tarsila do Amaral.

Tremendo de nervoso e expectativa, com muito medo de ser apanhada em flagrante, pedi licença à "Tarsila", empurrei o quadro dela para o lado e encarei a porta do cofre. Ia digitar a senha que o Gê tinha me passado. Nisso, escutei vozes cada vez mais próximas... Coloquei o quadro no lugar e me refugiei atrás de uma estante – eram várias, com toneladas de livros para todos os lados!

No mesmo minuto, o professor W e o filho entraram na biblioteca, discutindo a existência de monstros. Procurei me acalmar, regularizar minha respiração afobada. Como se fosse o meu maior tesouro, aninhei a mochila com as "armas secretas" junto ao peito.

– Vou provar a você que monstros não existem, nunca existiram e jamais existirão! – decretou o nosso arqui-inimigo.

Ele foi direto até o quadro, tirou-o da parede, digitou a senha, abriu a porta do cofre e, do seu interior, retirou a maleta com as amonstragens. Estremeci e, pela cara do Gê, vi que ele também estremeceu – na dúvida se eu já tinha feito o que a gente havia combinado.

No instante em que o professor W ficou de costas para mim, acenei para o garoto, avisando que o plano ainda não fora concluído. Ele assentiu de leve e, após engolir saliva, dirigiu-se ao pai:

– O senhor deseja realizar essa fogueira justo agora?

– Estou ansioso para lhe provar que...

– Não poderia ser depois do jantar? Estou faminto.

– Você está mesmo abatido. Sua mãe tem cuidado bem de você?

– Tem, sim, pai. Eu só gostaria de jantar antes, está bem?

O professor W acabou concordando. Quando ele fez menção de guardar a maleta de volta, George o questionou:

– Isso é mesmo tão valioso assim para ficar no cofre?

– Acredite, o que há aqui jamais terá valor algum!

E, para provar o que dizia, largou-a ali mesmo.

Segundos após os dois deixarem o local, eu corri até ela. Abri a maleta com minha chave e troquei as amonstragens por outras, que tirei da mochila. Eram essas as nossas "armas secretas"!

No retorno à garagem, levando as verdadeiras amostragens, passei por um sufoco. Em um dos corredores, ouvi alguém me chamar, atrás de mim:

– Empregada?

Gelei ao reconhecer a voz do professor W. Sem me virar para ele, consegui responder:

– Pois não, senhor?

– Está tudo preparado para a fogueira no jardim?

– Quase, senhor.

– Quero tudo pronto para daqui a uma hora. E avise a copeira para servir o jantar.

– Sim, senhor.

O Gê me dissera que o pai dele nunca reparava nos empregados, como se eles não fossem seres humanos. Como se fossem socialmente invisíveis. Nem o nome dos próprios capangas ele sabia!

Assim que pude, escapuli do seu alcance. Minutos mais tarde, comigo outra vez no porta-malas, o Rogério avisava ao segurança que ia pegar uma pizza para eles e já voltava.

– Não traz de calabresa – pediu o segurança. – A do outro dia estava salgada demais.

Beijos ainda nervosos da Maju

PS: Naquela noite, minha tia enviou uma mensagem do Aeroporto de Reykjavik avisando que já haviam conseguido a amostragem do *kraken*! Eles estão ansiosos para encontrar a próxima, que provará a existência de um certo monstro brasileiro...

IPUPIARA

O ipupiara é uma das mais aterrorizantes criaturas de que se tem notícia. Nos tempos do Brasil Colônia, era chamado de homem-marinho pelos tupis. Há vários registros sobre ele nos textos da época, como o do padre José de Anchieta, em 1560, e do Frei Vicente do Salvador, no começo do século XVII.

Um padre daqueles tempos, Simão de Vascendos, afirmava ter visto várias ossadas de homens-peixes e mulheres-peixes, o que incluía caveiras com um buraco no alto da nuca, por onde, em vida, os monstros respiravam. O jesuíta Fernão Cardim dava mais detalhes: "Parecem-se com homens de boa estatura, mas têm os olhos muito encovados. As fêmeas parecem mulheres, têm cabelos compridos e são formosas".

Fonte: Mapa da Capitania de São Vicente e adjacências 1553-1597 publicado em Capitanias Paulistas, Benedito Calixto (1927)

O ipupiara gosta de surpreender as pessoas que passeiam na praia, perto de cachoeiras ou nas margens de rios e lagos. Ele emerge de repente, abraça sua vítima e, enquanto a beija, aperta-a até quebrá-la toda por dentro antes de devorá-la. Às vezes, já de barriga cheia, suspira e volta para o fundo das águas.

Ele também gosta de virar pequenas embarcações para assustar seus tripulantes. O missionário e escritor francês Jean de Léry, no século XVI, soube pelos próprios tupinambás do Rio de Janeiro que um ipupiara havia tentado virar a canoa deles. Só desistiu porque um dos indígenas lhe cortou a mão com uma foice.

Caso você goste de se aventurar por águas menos frequentadas, seja prevenido. Não se esqueça de levar o *kit* anti-ipupiara.

Esse monstro, metade gente e metade peixe, tem outras características interessantes:

[KIT BÁSICO PARA LIDAR COM O MONSTRO

CASACO À PROVA DE ABRAÇO

MÁSCARA ANTIBEIJO

GÊNERO *Sirens*
ESPÉCIE *brasiliensis*
NOME CIENTÍFICO *Sirens brasiliensis vicentinus*
ALTURA entre 3,30 e 3,50 metros (machos) e 2,50 e 3 metros (fêmeas)
PESO entre 150 e 200 quilos

TEMPERAMENTO bruto, repugnante, faminto e, acima de tudo, beijoqueiro.
DIETA ALIMENTAR olhos, narizes e pontas dos pés e das mãos de seres humanos.

HABILIDADES
1. Beijo tira-fôlego mortal.
2. Abraço quebra-ossos.
3. Agilidade surpreendente em sua cauda de peixe.

FOICE

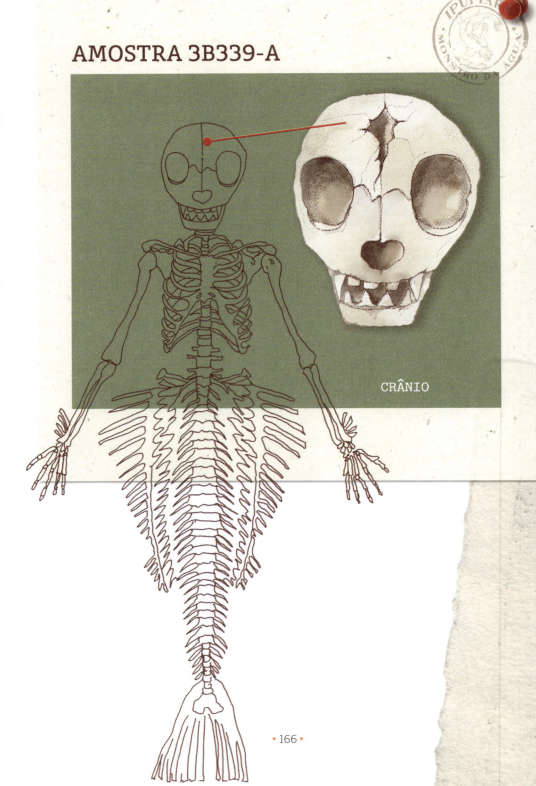

Esta amostra pertence a um ipupiara morto em 1564 na primeira vila brasileira, São Vicente, litoral de São Paulo. Como explica um texto do historiador e cronista português Pero de Magalhães Gândavo, publicado onze anos depois, uma indígena chamada Irecê foi à praia encontrar-se com o namorado, Andirá. Lá, viu o ipupiara, que já tinha matado Andirá e, ainda com fome, esperava completar a refeição. Apavorada, Irecê saiu correndo. No caminho, encontrou o capitão Baltasar Ferreira, que não teve medo do monstro e o abateu a golpes de espada.

O crânio desse ipupiara foi encontrado em um sítio arqueológico num local conhecido como Biquinha, área turística de São Vicente, mais especificamente em um trecho que não é aberto à visitação pública.

CURIOSIDADES

• A partir do século XVIII, os brucutus ipupiaras sumiram de cena, possivelmente expulsos por outras criaturas mais elegantes, como a Iara (a sereia que encanta a vítima antes de afogá-la) e o boto (que se transforma em um homem charmoso para namorar as humanas).

• Outra teoria afirma que os ipupiaras fugiram para longe por culpa da poluição cada vez maior dos oceanos e das fontes de água doce. Seu esconderijo é um mistério que ainda precisa ser desvendado.

EPÍLOGO

Finalmente em casa, novembro deste ano.

Para falar a verdade, às vezes nem acredito que estou no Brasil! Estava com saudades de ouvir falar português ao meu redor e, principalmente, de sentir calor. Sim, gente, CALOR!!!

Fiquei um tempão sem escrever neste caderno, mas hoje deu vontade e aqui estou eu de novo! Além disso, preciso contar o que aconteceu depois, né?

Bom, naquele dia o Rogério me deixou em São Vicente. O Gê só pôde ir ao meu encontro na segunda pela manhã, após o final de semana com o pai.

— E como foi a fogueira? — fui logo perguntando.

Ossos de frango e de porco, pena de arara, um pedaço de couro de uma bota velha, um longo fio do meu cabelo, pele de cobra, casca de ovo de galinha e até um dente feito de resina substituíram as verdadeiras amonstragens na maleta. Mais ridículo, impossível!

Segundo o Gê, foi difícil fingir sua melhor cara de decepção quando o pai arrombou a valise e fez seus discursos, achando que provava que monstros não existem ao identificar que tal osso não era de dragão e sim de porco; que a casca não era de um ovo de grifo e sim de de galinha...

— Amostra por amostra acabou sendo jogada às chamas! – ele disse. – Sinceramente, eu não sabia se ria do meu pai ou se chorava por ele ser assim, tão intolerante. Eu me sinto horrível por enganá-lo.

– Imagino, Gê – falei, compreensiva. – Mas, pensa: nossas amonstragens estão sãs e salvas! Precisamos comemorar!

A comemoração, no entanto, só veio no meu aniversário, dias mais tarde, depois que a tia X e o doutor Y retornaram ao Brasil. Ainda estávamos no apartamento da amiga da dona Laudelina, em São Vicente. Ela é uma escritora que mora em São Paulo e aparece por lá alguns dias por mês para descansar. Dele se tem uma vista incrível da praia do Gonzaguinha. Além disso, ficamos ao lado de uma praça famosa, a Biquinha, onde se vendem doces deliciosos, e perto de um pequeno centro cultural que abriga uma escavação arqueológica.

Foi nessa escavação que nós quatro, juntos, coletamos o crânio de um ipupiara, a última amostragem. Foi engraçado porque, naquele momento tão emocionante, o doutor Y achou que era a hora certa de fazer um pedido que merecia, no mínimo, mais romantismo.

– Xênia... – ele balbuciou. Foi a primeira vez que eu o ouvi chamá-la pelo nome e não pela letra. – Eu... eu... ahn... eu queria... dizer... ahn... pedir, isso, pedir... pedir você... pedir você em... quero dizer... você... hum... você gostaria de... de...

Minha tia foi direta, como de hábito.

— Yvo, após todos esses anos, você finalmente está me pedindo em casamento?

Nunca vi o doutor Y tão envergonhado. Ele teve um acesso de tosse, se engasgou, tossiu ainda mais, coçou a cabeça, o queixo, franziu a testa, cruzou os braços, descruzou, retrocedeu e, como seus joelhos falhavam, apoiou-se na parede mais próxima.

— Você... aceita? — ele disse, numa voz quase inaudível.

— Sabe há quanto tempo espero que você se declare para mim? — ela perguntou.

E continuaria esperando. Seu companheiro de equipe não encontrou coragem para o aguardado "eu te amo". Numa atitude muito prática, a tia X comprou as alianças, levou o doutor Y para um jantar à luz de velas e oficializou o noivado.

Foi naquela mesma noite que os meus pais apareceram, de surpresa, no apartamento em São Vicente. Chorei de alegria, de saudade, de alívio por ver os dois vivos e animados. Obviamente ambos sustentaram que a viagem deles tinha sido maravilhosa, sem nenhum tiroteio, nenhuma fuga pela floresta, nenhum tanque de guerra... Mentiram para mim na maior tranquilidade! Juro que um dia vou descobrir o que estão me escondendo. E já escalei o Gê para a nova missão.

— Suspeito que seus pais sejam agentes secretos — ele opinou.

Não duvidei daquela possibilidade. Para alguém que já fugiu de monstros de verdade, soa muito natural acreditar

que uma professora de idiomas e um programador em TI possam, sim, trabalhar para uma organização internacional ultrassecreta!

O melhor é que os dois vieram bem a tempo para o meu aniversário de quinze anos, devidamente comemorado em São Vicente mesmo. Até a dona Laudelina participou!

Foi quando a vi pela primeira vez... E eu, que a imaginava uma velhinha frágil, me impressionei com a mulher de roupas modernas, forte, simpática e cheia de carisma que é. Para o estagiário, ela ocupa o mesmo patamar digno de adoração que os ilustríssimos doutor Y e professora X.

Tive que concordar com ele.

Nas férias de julho, já em casa com os meus pais, aproveitei bastante a companhia dos meus amigos e da turma de vôlei, passei tardes no shopping, revi minha professora de piano e ainda pude ler muitos livros e assistir às séries de que mais gosto na TV. E ainda incluí o Gê nessa minha agenda de compromissos. Só eu sei o quanto ele precisa se comportar como um adolescente de verdade!

Em agosto, retomei as aulas presenciais na escola. Que saudades! Foi tudo de bom!

No mês seguinte, minha tia e o doutor Y publicaram um importante artigo sobre a nossa pesquisa, apresentaram as amonstragens à comunidade científica e, desse modo, provaram ao mundo inteiro a existência de monstros. Consegue imaginar o estardalhaço provocado por tal façanha?

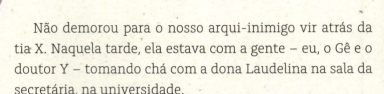

Não demorou para o nosso arqui-inimigo vir atrás da tia X. Naquela tarde, ela estava com a gente – eu, o Gê e o doutor Y – tomando chá com a dona Laudelina na sala da secretária, na universidade.

No minuto em que o professor W escancarou a porta, o Gê rapidamente deslizou para debaixo de uma mesa. Acontece que ele ficou meio visível – eu estava longe demais para ajudá-lo... O coitado seria apanhado em flagrante pelo próprio pai!

Minha tia, porém, deu a maior prova de que, enfim, o aceitava na equipe. Num gesto elegante, jogou sobre o garoto a própria jaqueta, que segurava no colo, e o escondeu antes que o professor W a localizasse na sala, bufando igual a um touro enfurecido.

– Sua raposa velha! – ele disparou. – Você se acha muito esperta por usar contra mim amostras falsas? Pois garanto que você e esse seu projeto estúpido não perdem por esperar!

E foi embora, batendo a porta atrás de si.

Sem se abalar com a grosseria, calmamente minha tia se voltou para mim:

– Que amostras falsas, Maju?

Tive que contar tudo. A dona Laudelina saiu de fininho, mas eu e o Gê não escapamos da bronca.

– E ai de vocês dois se mentirem de novo para mim na nossa próxima viagem! – a tia X ameaçou.

Sim, teremos mais viagens pela frente! A coleta de amostras de monstros mitológicos foi apenas a primeira

fase do Projeto Amonstragem, que prevê outros desdobramentos, descobertas e muitas aventuras pelo mundo!

A coordenadora do meu colégio estava certa quando disse que eu enriqueceria a minha cultura. Eu diria que foi muito, muito mais do que isso! Os últimos meses me fizeram amadurecer como ser humano e ainda me mostraram a imensa diversidade que existe ao nosso redor, quando ousamos colocar o pé para fora de casa.

E, melhor, descobri com pessoas incríveis que os nossos sonhos podem se realizar.

Beijos felizes da Maju 😘

SOBRE AS AUTORAS E A ILUSTRADORA

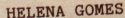
HELENA GOMES

Helena Gomes adora monstros, mas também morre de medo deles. Sentimentos tão opostos não poderiam render outra coisa: personagens monstros aparecem em alguns dos quase cinquenta livros que publicou, a maioria para jovens leitores. Foi vencedora do Prêmio FNLIJ (Fundação Nacional do Livro Infantil e Juvenil) 2019 na categoria Reconto, com *Reis, moscas e um gole de astúcia*, escrito em parceria com Susana Ventura, e foi quatro vezes finalista do Prêmio Jabuti. Vários de seus títulos receberam o selo Altamente Recomendável da FNLIJ e foram selecionados para representar a literatura brasileira no exterior, tanto no catálogo da FNLIJ para a Feira do Livro Infantil e Juvenil de Bolonha como na *Machado de Assis Magazine*, da Biblioteca Nacional, apresentada no Salão do Livro de Paris.

Rosana Rios tem familiaridade com monstros, pois coleciona dragões. Tendo ultrapassado trinta anos de carreira, publicou 180 livros para crianças e jovens; vários deles têm como personagens seres assustadores e sanguinários. Recebeu importantes prêmios literários, como Jabuti, White Ravens de Munique, Bienal Nestlé de Literatura, Cidade de Belo Horizonte, a distinção da Cátedra UNESCO de Leitura PUC-RJ e o selo Altamente Recomendável da FNLIJ, entre outros. Em 2019, foi eleita presidente da Associação de Escritores e Ilustradores de Literatura Infantil e Juvenil (AEILIJ).

Cecília Murgel nasceu em São Paulo e descobriu cedo que os lápis são varinhas mágicas e servem para criar coisas coloridas e encantadas. Um dia, cresceu e acreditou que desenhar casas e prédios para as pessoas morarem é que era coisa para gente grande fazer com a caixa de lápis. Foi estudar Arquitetura e, por vinte anos, desenhou coisas que se constroem com tijolos. Em 2010, decidiu que, para o resto da vida, queria desenhar o que de mais sério há para desenhar: sonhos. E quem foi que disse que não se pode ser o que se é? Quando perguntam a sua profissão, ela diz: "Eu? Eu sou uma desenhadora". E, para os que pensam que existe um mundo de pessoas grandes e outro de pessoas pequenas, ela diz que é ilustradora.

HISTÓRIA REVELADA

POR:

DATA:

Quando este livro foi feito no setor de Histórias Secretas do Reino da Carochinha, teve início uma grande temporada de aventuras e descobertas para as quais você já é nosso convidado principal.